怪談奇聞

# 立チ腐レ

小田イ輔



竹書房文庫

# 目次

# お婆さん

今から十年前、会社員のSさんが、北海道に単身赴任して間もなくのこと。

「思ったより暇でさ。休日なんかは時間を持て余すようになったから、車で行ける範囲の観光名所をひたすら巡ってたんだ。それもしばらくしたら見尽くしちゃって、さてどうすっかなと思ってね、会社の人達に訊いたりしてたの」

するとある日、そのうちの一人が「面白いところ見繕《みつくろ》いましたよ」と言って、プリントアウトされた紙の束をくれた。

「ネットで拾ったらしい心霊スポットの情報がまとめられてあった。相手は半分冗談のつもりだったようだけど、俺としては興味を惹かれて」

それから、Sさんの心霊スポット巡りが始まった。

学校、小さな公園、マイナーな史跡、廃墟、平凡な住宅地の一角などなど。

「普通なら足を運ばないような場所ばかりなもんで、すごく新鮮だったんだ。下手に観光名所を見て回るより、ずっと土地にも詳しくなるし。すっかりハマっちゃってさ」

貰い受けたプリントに記載されている場所をすべて訪問すると、自ら情報を収集して新たなスポットの開拓まで始めたそうだ。

「ああでも、俺の場合は別に幽霊を見たいとかじゃなかったからね。あくまで暇つぶしの一環というか、外に出る理由が欲しかっただけだから。夜中に突撃するとかはしなかった。昼間に行って、夕方には帰って来る」

その日も、いつも通り夜までには帰って来るつもりだった。

しかし、複数のスポットを見て回った帰り道、立ち寄ったコンビニの駐車場で他の車に軽くぶつけられてしまう。

「擦られる程度だったけど、保険屋を呼んだり事故証明のために警察を呼んだりしているうちに、結構時間が経っちゃったんだよ。それで、全部終わってから走り出したものの、少ししたら今度は交差点で追突を受けてね。これも軽い事故ではあったんだ、でも続けて二回でしょ？　さすがに怖くなってさ」

一般的に、あまりよろしくない場所を訪問した帰路での、立て続けに起きた貰い事故。

とりあえず車は走行可能であったし、自分自身も無傷だったが、そのまま家に帰るのは気が引けた。

「あと一時間ぐらいは運転しなきゃならない場所にいたもんで、さすがに三度目があったら無事では済まない気がしてね。二度あることはって言うじゃない？　だから近場にあった安旅館に連絡して、空いてる部屋に一泊することにしたんだ」

通されたのは、狭いながらも小綺麗な和室だった。

風呂に入り、夕食を食べ、早めに床に就く。

「次の日は普通に仕事だったたから、いったん家に帰るためにも、朝早くに出発しないと間に合わないんで、夜更かしなんかせずに眠ることにしたんだよ」

あくびをしながら部屋の電気を消し、布団に潜り込む。

だが、なかなか眠れない。

「まぁ一日のうちに二回も事故に遭ってるわけだしね、枕もいつもと違うんだから、やむを得ないのかなと、最初は思ってたんだ、でも……」

なんだか妙に、人の気配がする。

その割に部屋の中は静かで、隣からも物音ひとつしない。

「部屋の隅の方が、気になってしょうがないから」

見ると、そこには暗がりに薄ぼんやりと老婆の姿。

表情のないその顔が、じっとSさんを見つめている。

「え？　祖母《ばあ》さん？　と思った」

慌てて立ち上がり電気を点けると、既にその姿は消え去っていた。

「参ったよね、あの世から死んだ祖母さんが出てくるぐらいの状況だったんだなぁと。事故が軽くて済んだのも、きっと祖母さんが守ってくれたおかげだろうと」

であれば、やはりこの旅館に泊まって正解だったのだ。

もう心霊スポット巡りはやめにしよう。

祖母に可愛がられていたというSさんは、部屋の隅に手を合わせると、心の中で感謝の言葉を呟きながら眠りについた。


数か月後、その年のお盆のこと。

「その年の盆休は、どうしても実家に帰りたくて」

春先に、あの世から舞い戻って自分のことを守ってくれた祖母を、どうしてもお参りしたかったのだそうだ。

奥さんと子供を伴って実家の玄関をぐぐると、挨拶もそこそこに仏間へ向かう。

掲げられていた遺影を見たSさんは、硬直してしまったという。

——あれ？　この婆さん誰だ？

そこにあったのは、旅館で目撃したのとはまったく違う顔。

「え？　え？　ああいや、いいんだ、この婆さんだ、俺の祖母さんは、と」

Sさんの弁によれば、旅館で老婆を目撃して以来、なぜかその老婆を自分の祖母だと思い込んでしまっていたが、実際にはまったく知らない人物だったと、その時に気付いたらしい。

「ホントなんでだったんだろう、見ず知らずの婆さんを身内だと思い込むなんて」

するど、旅館の老婆はなんだったのか？

「さっぱりわからない。わからなすぎて祖母さんの遺影の前で震えが止まらなかったよ。見間違いってレベルじゃないもの、あの一瞬で、俺の記憶が書き替えられたってことになるわけでしょ？　きついよ、ほんときつい」

現在は、北海道を離れたSさんだが、その日以来、携帯しているものがある。

「自分の祖母さんの写真。あの日、遺影で確認してからも、まだ頭の中から旅館の婆さんの顔が抜けないの。うっかりするとどっちがどっちかわからなくなるから、時々写真を見て、こっちが俺の祖母さんだって、確認してるんだよ」

# 焼却炉

うーん、怖い話？　って言われてもなぁ。

そういうのって人によって感覚が違うじゃない、私が怖いと思っていることが他の人にとっても怖いこととは限らないだろうしねぇ。ああいや、ぜんぜんないってわけじゃないけどね、変なことっていうか、私としては怖いというか、そういう話でよければあるにはあるよ。


うちの実家にさ、焼却炉があったんだよ。

もう三十年も前だけど、私がものごころが付いた頃には錆びついて真っ赤になっていたから、大分古いものだったんだと思う。学校とかにあるような大きくて立派な造りのものではなく、ちょっと小ぶりで、プロパンガスのボンベを少し長くしたぐらいのやつでね。てっぺんに蓋《ふた》、側面に燃え残りを掻き出す窓がついてた。焼却炉なんていうよりはゴミ焼きガマとでも言った方がしっくりくるような感じの。

両親の話では、私が生まれる前、まだ実家の周辺に今ほど他の家が建っていなかった頃、家庭用のゴミを焼くのに使っていたそうなの。今ではすっかり住宅地になってしまっているけれど、うちの家族が引っ越して来た頃にはまだ周囲は畑とか林だったらしくてね。ご近所に家が建った後は、煙とか臭いが迷惑になるからゴミを焼くのはやめて、それでそのまま放置して、錆びるがままにしてたって。

家の裏の日陰のところにあったんだけど、小学校に上がる前なんかはその焼却炉の中を覗き込んだり、何かを隠したり、そんなことして遊んでた記憶があるの。その時点ではもう使われなくなってたから、別に危ないこともなかったし、親に咎められた記憶もない。

だからいつ頃からなんだろうな、アレが怖くなったの。

小学校の高学年になったあたりにはハッキリとそれを自覚していたはず。

理由？　それがハッキリしないんだよね、なんでそう思うようになったのか。

うん、そうそう、気付いたらいつのまにか恐怖の対象になってて、アレがあるってだけで家の裏に行くのが嫌になるぐらいには怖がってた。

まだ小学生の頃にはさ、暗くなってから家に帰って来るなんてことは殆どなかったから、怖いなと思ってもそこまでじゃなかったの。ただ中学生になって、部活なんかで遅い時間に帰ってくるとね、家の裏手に目が行っちゃうことがあって……。

ああごめん、位置関係がちょっとわかりにくいかな。玄関から通りに出るまでの動線に焼却炉が目に入る場所があるのよ。

そこをやり過ごしてしまえば見えないんだけど、怖いもの見たさだったのかなんだったのか、ついついそっちを見ちゃうってことがあって、その時にさ、家から洩れる明かりに薄ぼんやりと照らされた焼却炉が見えるんだよね。

怖い怖いと思っていたせいか、それが時々、人間のシルエットに見えたりもして……。

もちろん気のせいだと思ってたし、今もそう思うようにしてる。

ただ、私が成人してから、ちょっと意外な事実が判明してさ。

それがなんと言うか、当時の気持ち、恐怖感が混ぜっ返されるような情報でね。

私の実家は、中古住宅だったそうなの。

それまでは、てっきりうちの両親が新築した家なんだとばかり思っていたから、結構びっくりしたんだよね。親は「あれ？　話したことなかったっけ？」なんて、とぼけたこと言っていたけど。

わかって貰えるかどうか微妙なところだけど、私はそれを聞いて、ちょっと気持ち悪いなと……その時に思ったんだ。自分が生まれ育った家が、ぜんぜん知らない誰かの好みとか、意図でもって建てられてたっていうことにね、すごく居心地の悪さを感じたんだよね。

もっともさ、小さい頃にそれを知らされていれば「ふぅん、そうなんだ」ぐらいの話だったんだろうと思うの。中古だから悪いってわけじゃなくて、なんて言うんだろう、長年一緒に暮らしてきた両親が実は血の繋がらない人達だった、みたいな？　これは言いすぎかな……うーん、無条件に信頼していた「実家」という建物への安心感みたいなものが揺らいだのは確かなんだよねぇ……。

まぁそれで、だったら裏の焼却炉もそうなのかなと。前の持ち主が設置したものなのかしら？　って聞いてみたら、それは違うと。

どうやら前の持ち主、私の実家を建てた人達っていうのは、何があったのか知らないけれど、新築から一年を待たずして殆ど夜逃げに近い形で出て行ってるってことで、かさばる日用品とか、家具とかをそのままに居なくなっちゃったと。

うちの両親が購入するまでの間、それらは家の中に放置されたままでね。だから引っ越しして来るよってタイミングで、住宅購入の仲介をしてくれた人が、もともとあったそれらの生活用品を燃やすために設置したのがあの焼却炉だっていうのね。

それで、まぁ、その時にね、うちの両親も掃除とかに駆り出されたそうなんだけど、仏壇とか、遺影とか、位牌《いはい》とか、そういうのも丸々残ってたんだって。父はね「今更だけどちょっとどうかと思った」とか、のんきそうに言ってたな。

だから……そういうのも全部あの焼却炉で燃やしてるの。

仏壇なんかは立派なものだったらしいんだけど「せっかくだし使いますか？」って言われた父が「さすがにそれは……」って断ったら、仲介の人がそれを庭に放り投げてバールかなんかで叩いて細かくしてから燃やしちゃったって言うのね。遺影も位牌も右へ倣《なら》えで、ポンポン火にくべちゃった……。

どう思う？　ちょっとって思うよね？　思わない？

まぁ、だからといって別に私たち家族が祟られたとか不幸になったなんて話はないし、むしろ幸せに暮らして来たわけなんだけど、なんとなく、私があの焼却炉を怖いって思うことに関しては、それっぽい理由がついちゃったなと、その話を聞いた時に思ったね。

私もいい年だし、子供の頃のように怖がっているわけではないけれど、この話を聞いて以来、ずっと頭に引っかかってるんだ……あの焼却炉を怖いなって思うようになったきっかけが、やっぱりなんかあったよなって。

思い出さなくていいようなことなんだろうけど……。

焼却炉はさ、今はもうとっくに錆びて朽ちて跡形もなくなってる。

私も地元を離れて長いから、実家に帰るのは年に数回なんだけど、未だに家の裏手には苦手意識があるな。帰省した時なんかはなるべくそっちに目を向けないようにしてるんだ。

うん、未だにね、夜、窓から洩れる明かりに照らされた家の裏手に、なんとなく人間のシルエットが見えるような気がするっていう……気のせいなんだろうけどね。

# スカウト憑依

二十代の女性、Tさんから伺った話。


その日、彼女は長距離バスに乗っていた。

住んでいる県の中心都市に友人を訪ね、二日ほど滞在した帰り道。

自分の町までは二時間半程の道のりだったが、遊び疲れたのかついウトウトしてしまい、気付けば外が真っ暗になっていた。

時計を見ると、あと三十分程で降車予定のバス停に辿り着く。

母親にメールを送信し、到着予定時刻に合わせて車で迎えに来て欲しい旨を伝えると、アラームをセットして再び目を瞑る。

ポケットからの振動で目覚めて間もなく、目的地に予定通り到着したバスを降り、周囲を見回すが、迎えの車が見当たらない。
立ち止まって電話で連絡を入れてみるも、繋がらない。
家までは歩いて十五分程。ゆっくり歩いているうちに、母親も着信に気付くだろう。
そう思い、両手に荷物を持って、夜道を一人進む。
田舎町であるから危険は感じないが、なんとなく心細いような気はする。
一体母親は何をしているのか、可愛い一人娘が心配ではないのだろうか？
そんなことを思いながら歩くうち、結局家の前まで辿り着いてしまった。
見れば、家の中は真っ暗で、人の気配がない。
何か不測の事態でもあったのだろうか？　こんな時間――。
――あれ？
そもそも、ここはどこだろう？
目の前にある一軒家はなんなんだろう？
考えるまでもなく、実家ではない。
そもそも自分は、一人暮らしをしている町から実家に帰省していたのではなかったか？

友人を訪ねていた？　一体その「友人」とはどこの誰……。

飛び退くように後ずさり、ハッとしてスマホを取り出す。

メール？　親とは普段メッセージアプリでやり取りをしているのに？

「迎えお願い、○時に○○のバス停まで」と送信したアドレスは、滅茶苦茶な記号の羅列。どこにも届いておらず、宛先不明の通知が返って来ていた。

また、ついさっき電話をかけた番号は123456789となっている。

周囲を見回せば、見知らぬ住宅街。

辛うじてわかるのは、少なくともここが現在一人で暮らしている町であるということ。

しかし、自分は決して目の前にある「この家」の娘ではない。

混乱した頭で駆け出す。

一刻も早くここから離れたい、それ以外に考えられない。

急いで大きな通りまで出ると、流しのタクシーを拾って乗り込み、自宅アパートの住所を告げる、今いる場所からは真逆の方向。

タクシーに乗っている間は、混乱が収まらなかった。

ようやくアパートに辿り着くも、もはや本当にここが自分の家なのか確信が持てない。

あまりの事態に感情の処理が追い付かず、泣きながら実家に連絡を入れる。

迎えに来て！　迎えに来て！

何度もそう叫ぶと、電話口の母親は、大丈夫？　大丈夫？　と大慌て。

泣きじゃくりながら近くのファミレスに入り、ようやく少し冷静になれた。

ただ、このまま一人で夜を明かすことに耐えられそうもない。

お母さん、お父さん、早く迎えに来て。

電話を切らずに、ファミレスでスマホにそれだけをつぶやき続け三時間。

車を飛ばして来たのであろう、真っ青な顔の両親がやってきたのは夜半過ぎ。

Tさんは子供のように両親に縋り付き、帰りたい帰りたいと繰り返した。

結局、両親と共に再び実家に戻ると、そのまま仕事を辞め、アパートも引き払った。

あれが一体何だったのか、自分でも意味がわからないが、そんなこんなで今は家事手伝いなのだとTさんは言った。

もう二度と一人暮らしをするつもりはないという。

# 怪談の冒頭

怪談仲間とでも言うのだろうか、ここ数年親しく付き合っているN君という男がいる。怖い話が好きであるとともに、怪談を一種の幻想文学として捉えている彼は、もちろん怪談の取材などもしているのだが、持ちネタの豊富さの割に手が遅く、一編の怪談話を何回も書き直しつづけるということをしている、変わった人だ。


そんな彼から、ある日の夜に電話があった。

街の中を歩いているらしく、背後から騒がしい様子が伝わって来る。

着信画面に名前が出ているので相手が彼だということはわかるが、雑踏の音に紛れ最初のうちは何を喋っているのか聞き取れなかった。

え？　何？

何度か、そう繰り返しているうちに、どうやらどこかの店に入ったらしく、急に音声がクリアになる。

彼は若干興奮した様子で、以下のようなことを語った。

「なんだか不思議な話を聞いたんですよ、というか、体験したんですよ、話自体は殆ど聞けなかったんですけど、面白い話ではあるんです」

一体、何を言っているのかわからない。

そもそも話を聞いたのか体験したのかが判然としない。

不思議な話を聞きながら体験したというのはどういう意味なのか?

しかも、話そのものは殆ど聞けていないという。

変わってはいるが聡明な人物である彼が、どうしてしまったというのだろう?

「いやあ、ちょっと珍しい話で、僕もこんな体験初めてだったから興奮しちゃって」

話を聞いたのか体験したのか、先ずハッキリさせて欲しい。

そう伝えると、彼は「両方なんです」と言って、その話を語り始めた。

「行方不明になった占い師の人の話なんですけどね、その人が――」

そう聞かされた瞬間、なぜか背筋にゾクっと来た。

こんなことは、初めての体験だ。

ちょっと待ってちょっと待って、その話、ヤバい話なんじゃないの？

彼の発言を遮るようにそう言うと、電話口の向こうから「え？　やっぱり何かありました？」と興奮気味の声が返ってくる。

一体なんだと言うのだろう？　「何かありました？」とはなんなのだ。

とりあえず、その話自体は中断してもらい「彼が体験したこと」を話してもらった。

聞けば、ついさっきまで、彼は自分が所属している文芸同人の集まりに顔を出していたのだそうだ。

新年最初の集まりは、やがて、そのまま居酒屋へ場所を変えての新年会へと移行した。

その場において、彼は参加者たちに怪談話はないかと訊ねた。

すると数人の参加者が話を聞かせてくれたらしい。

年長者が多いためか、なかなか滋味深い怪談を披露してもらっているうちに、たまたま隣に居合わせた、文芸同人とは関係のない人物がN君に声をかけてきた。

どこまで話せるかわからないけど……。

と前置きして、その人は景気付けのように焼酎を飲み干し、語り出す。

「これは、失踪してしまった私の知り合」

——ガシャン！

大きな音がして振り返ってみると、後ろの席の若者グループが中身の入ったジョッキを倒してしまったようで慌てている。

あらあらと思いつつ、正面を向き直して続きの話を促す。

「彼女は占い師をしていたんだけれど、行方不」

——ガシャン！

またか！　音のした方に首を向けると、右隣のサラリーマン風の男が、スーツにこぼれたビールをおしぼりで拭っている。倒れたジョッキはツマミの皿を割ったようだ。

店員が駆け寄り慌ただしい隣を尻目に、視線を戻して再び話の続きを求めた。

「その少し前から、こんなの私の仕事じゃない、私では手に負え」

——ガシャン！

三度響く食器の転倒音、今度の犯人はN君自身だった。

スミマセンスミマセンと頭を下げ、やれやれといった様子でやってきた店員と共にこぼれたチューハイや氷を片付ける。幸いなことに、被害はテーブルの上だけで済んだ。状況を立て直し「ごめんなさい不注意で」と、話をしてくれていた男性に改めて謝罪したところ、彼はそれを受けて「もうやめましょう」とつぶやいた。

立て続けに話の腰を折られ、不愉快な気持ちにさせたのかも知れない、そう思ったN君はもう一度詫び、話の続きをねだった。

すると男性は「いいえ、違うんです、そもそもこういう話なんです」と苦笑いし、これまでも、この話をまともに語ることができた試しがないのだと言った。

N君はその後もしつこく話の続きを求めたのだが、男性は「無理はやめましょう」と頑《かたく》なで、そのまま居酒屋からもフェードアウトしてしまったらしい。

一連の話を聞き終えた私に、N君は言った。

「さっき、小田さんが急に慌てはじめたので、まさかそっちでも何かあったのかなと思って、つい興奮しちゃたんです、すみません」

こちらでは何もなかった、ただ、むやみにゾクゾクしただけ。

そう伝えると「ああ、やっぱり何かあるんですかねぇ」とN君。

つまり〝話を聞きながら体験した〟という彼の弁は正しかったわけだ。
となれば、そのやり取り自体がすでに怪談だ。
N君そのものが、怪異を経験したことになろう。
多分、私がゾクっとしたことも含めて、である。

# 掲示物

Kちゃんが小学六年生の時。
春先から、廊下に面したクラス掲示板の高い所に、一枚の絵が貼られていた。
画用紙に描かれたどう見ても下手くそな、馬らしきものの絵。
それは夏が過ぎても冬が過ぎてもずっと貼られ続けていたという。
とうとう卒業の日、他の掲示物がすべて剥がされたのに、まだ絵は残っていた。
「これ、剥がさなくていいんですか?」
そう言って、Kちゃんが指さしたところ、なぜかそれは目の前で消えてしまった。
にもかかわらず、先生はKちゃんに「それはそのままにしておいて」と言ったそうだ。

# イチジク

五十代の男性、Cさんから伺った話。

「何年か前まで隣にYっていう八十代の老夫婦が住んでいたんだ。それで、Yの庭にはイチジクの木が植えてあって、その枝がフェンスを越えてこっちの庭にまで伸びてきていてさ。うちはうちで庭に植木や花を植えていたから邪魔だったんだよ、見た目も悪くなるし。どうにかしてくれないかって、何回も文句言いに行っていたんだけどね」

「うんダメ、ぜんぜん取り合ってくれなかった。まぁ、もともと変わり者夫婦だったし、それまでもトラブルはあったんだよ色々。休みとなれば窓を開け放ってカラオケで下手な歌声響かせたり、そうかと思えばこっちが日曜大工なんかで電動の工具を使うと

『うるせえ』って怒鳴り込んできたり、他にも沢山《たくさん》、挙げだしたらキリがない。自分本位で、人のこととか考えないんだ」

「だからこっちも勝手に切ってやったの、うん、邪魔な枝を。また怒鳴り込んで来るかなと思って待ってたんだけど、来なくってね。その代わり近所に『Cがうちのイチジクを盗みやがった』って吹聴して回ったらしい。もっとも、周囲の人間はYがどんな奴なのか知っているから、後から俺んとこに笑い話として持ってきたぐらいなもんでさ。信用がないから、相手にされないんだ」

「それから何日か後、夜中にサイレンの音が聞こえてきた。なんだろうと思ってたんだけど、起きて様子窺《うかが》うとYんところに救急車が来ててさ、唸りながら運ばれて行ったと思ったら、次の日には死んだって話でね。トラブル続きで不仲だったとはいえ、数十年を隣り合って暮らしてきたもの同士だから、せめて通夜ぐらいには顔を出すかと、香典持って行ったわけ、町の外れにあるセレモニーホールに」

「Yの婆さんはしおれたみたいになって弔問客に頭下げていたよ。集まった親戚が葬儀の手伝いはしていたみたいだけど、子供のいない家だったから、今後は婆さん一人で大変だろうなと、色々あったけどこっちとしては同情的に思っていたんだ。そしたらそのしおれた婆さんがさ、俺を見るなり顔つき変えてね『おたくがイチジク切ったせいで爺さんが死んだんだ！』って、そんなことを言ってきた。あぁ同情して損したなと」

「へっへっへ、こっちも馴れっこだから、それでも手を合わせて帰って来たよ。親戚の人らも手を焼いているらしくて『すみませんね、ああいう人なもんで』って、頭下げてきて。まぁ爺《ジジイ》も厄介なら婆《ババア》も厄介、そりゃそうだよね、夫婦だもの。お互いがそれなりじゃなければ長年連れ添うなんてできないもんな。まぁ、そんな夫婦でも結構弔問の客は来ていたし、近所付き合い以外の面では、ちゃんと人間関係もあったようだよ」

「その後は、特にトラブルもなくなった。うるさい爺さんが亡くなって、婆さんも気落ちしていたのかも知れない。どこか体が悪いらしいなんて話も聞こえてきていたけれど、まだ福祉の世話になるような段階ではなかったみたいで、時々親戚の人が家を訪ねてきては面倒をみていたようだった。うちとしても、やっと静かになったなぁと。そうなればそうなったで、なんだか寂しいような気もしてね」

「そんでさ、次の年の秋頃、俺が庭で植木の剪定してたら、庭石の上にイチジクの実が五つ並んでるのに気づいた。なんだコレって思って。あれ以来、俺は伸びてきたイチジクの枝を勝手に切り続けていたから、実が自然にうちの庭に落下するなんてことはあり得ない。カラスなんかのせいかとも思ったけれど、それにしては整然と並び過ぎてる。家族に訊いてみても知らないと言うし、なんなんだろうと」

「その日から、毎日のように庭石の上にイチジクが並ぶようになった。うちは共稼ぎで子供達も学校なんで、日中は留守にすることが多いから、昼間のうちならコッソリそんなイタズラもできるだろうけれど、わざわざYの家の庭でイチジクをもいで、うちの庭石に並べておく意味がわからない。まさかYの婆さんがフェンス乗り越えて並べるわけないだろうしね。どうあれ意味不明だし、気味悪いなと思って、イチジクはそのたびにYの庭に放ってた」

「日曜日の昼間に、いつの間にか並んでたこともあったんで、多分人間の仕業じゃなくて、やっぱり猫とか、カラスとか、そんなのの仕業なんだろうと思うことにしてね。まぁキッチリ並んでるから違和感はあったけど、それ以外に理由のつけようがないじゃない？　もっともあんまり続くようなら監視カメラでもつけようかって話はしてたんだ、用心に越したことはないからな」

「Yの婆さんが死んでいたことが判明したのは、ちょうどイチジクが並び始めて十日も過ぎた頃だったよ。いわゆる孤独死ってやつ。様子を見に来た親戚が発見して、結構騒ぎになった。家の廊下で倒れていて、玄関の方に手を伸ばしながら亡くなっていたらしい。死んでから一週間から十日ぐらいは経っていたってことでね。そんでさ、それ以降はイチジクは庭石に並ばなくなった」

「まぁこじつけだけど、あれは、Yの婆さんがやったことなのかなと思ってる。自分が死んでしまったことを知らせるために、イチジクを並べてたんじゃないかって。あるいは爺さんの方かな、ちょっかい出して来るのはいつも爺さんだったから。不仲ではあったけれど、そんなことにも気付いてやれなかったのは悔やまれる。出来事として明らかにおかしかったんだし、そもそもイチジクはYの家に生えていたものなんだから……」

「少しでも気が利けば、ちらっと様子を見に行くぐらい簡単なことだった。Yの爺さんも婆さんも、俺に対してそのぐらいの甲斐性は認めてたのかも知れないなと思うと、ちょっとやりきれないよな。少し枝を払ったぐらいで『盗まれた！』って騒いでたイチジクの実をだよ、わざわざあの世からうちに並べに来てたんだからさ……あぁ、今になって考えてみれば、うちは五人家族だから五つ並べてたのかな、イチジクを……って考え過ぎか……」

# 別れた理由

Mちゃんが付き合っていた男は、ある時期から心霊スポット巡りをするようになった。

「その様子を撮影して、ネット上の動画サイトにアップするんだと言ってました」

当時、既に同じようなことをしている人達が何人もいて、そんな彼らの動画を見ているうちに、どうやら自分でもやりたくなってしまったらしい。

わざわざビデオカメラを購入し、動画編集用のパソコンまで新調したというから、男の熱の入れようは相当なモノだったのだろう。

「私も、一緒に行こうって何度も誘われたんですが、絶対に嫌だって断ってました」

怪しげな由来を持つ場所をネットで検索しては、自らそこへ赴き、実況入りで動画を撮影、それをパソコンの中へ取り込んで、編集を加える。

「変な映像や音声が撮れていないか確認するため、撮影が終わるたびに、撮ってきたものを何度も見返していましたね」

男は、埃《ほこり》の映り込みや、ちょっとした音の反響など、なんとなく怪しそうな場面を見つけ出しては、それをMちゃんに繰り返し見せ「どう？　どう？」と感想を求めてくる。

「どうもこうもないんですよ。自分は面白いのかもしれませんけど、それをいくら見せられたところで『こいつ馬鹿なのかな』以上の感想なんて持ちようがなかったです」

しかし、その馬鹿さ加減まで含めて好きになっていたのだから、恋はままならない。

男が心霊スポット通いを始めて半年。

「最初が肝心だから、インパクトのある映像でデビューしたいんだって、何十時間も映像を撮りためているのに、なかなかネットに上げないんですよね。馬鹿のくせにこだわりだけは一人前にあるんです」

まったく成果があがっていないにもかかわらず、なおも男はその作業に没頭し続けていた。

結果的に、恋人らしい時間は減り、一緒に出かけることもなくなった。

「それでも好きは好きだったんです。つまり私も馬鹿なんですね」

Mちゃんはその頃、少しでも自分の存在を気にかけてもらうため、仕事が終わると、直ぐに男へ電話をしていたのだそうだ。

「私と彼の仕事終わりが殆ど同じ時間だったので、それぞれの家に帰るまでの間は、お互いが車を運転しながらお喋りできたんです。家に帰るといつもの作業を始めちゃうので、私にとって彼との唯一の時間でした」

しかし、そんな彼女の思いも汲まず、やがてその会話の中でさえ、男は心霊スポットやそれにまつわる怪談話を語りだすようになっていく。

彼女の我慢は、そろそろ限界に近づいていた。

「もう終わりなのかなって、こんな馬鹿みたいな終わりってあるんだなと」

Mちゃんがそう思い始めて間もなく、決定的なできごとが起こった。

いつものように会社帰りに二人で通話をしていた時のこと。

「車を運転しながらなんで、ナビにスマホを接続して、ハンズフリーで話してたんですね。その日も、彼はなんだか薄気味悪いお化けの話をしていました。私は興味なかったんですが、うんうんって、相槌だけはうってたんです」

Mちゃんが自宅に着いても、彼の話は続いた。

早く終わってくれないだろうか、そう思いながら、彼女は相槌をうち続ける。

五分、十分、自宅の庭に車を停めてからしばらく経っている。

興に乗った彼の喋りは、一向に収まる気配がない。

「私、その頃は実家住まいだったんですが、母親が家の窓からチラチラとこっちの様子を窺っているようだったので、そろそろ車を降りないとなって」

話の切り上げどころを見定めていると、玄関から母親が出てくるのが見えた。

——あ、お母さん来た！　切るね。

そう言って有無を言わせず通話を終えた彼女の下に、母親が駆け寄って来る。

なかなか降りて来ない娘を心配したのか、あるいはエンジン音でもうるさかったか。

——ちょっとアンタいい加減にしなさいよ！　大きな音で何聞いてるの！

ナビに接続した状態で通話をすると、相手の声が車のスピーカーを通して聞こえてくる。その声が漏れていただろうかとボリュームを確認するが、いつも通りだった。この音量で話していて、注意を受けたことはこれまでない。

——お葬式でもないのにお経なんて流して！　まったくこの娘は！

「母が言うには、家の前に私の車が停まってからずっと、大きな音でお経が聞こえてきていたんだそうです。チラチラとこっちの様子を窺っていたのはそのためだったらしく……私が車のステレオでそれを流していると思ったみたいで、そんなわけないでしょって言ったんですが……」

お経は流していないが、ずいぶん長いこと縁起でもない話を聞いてはいた。

これはきっと、彼にまつわる何かなんだろう。

そう考え至った彼女は、その日の夜、彼に電話をかけると、ことの顛末を話した。

「もうやめた方がいいよ、何か悪いことの前触れかもしれないからと……」

その話を聞くと、電話口の向こうにいる男は興奮した様子でまくし立てた。

最近行った心霊スポットで自分の住所と氏名を叫んできたこと。その場所では、その行為はタブーとされており、それをした人間はタダでは済まないという話が伝わっていること。せっかくだから何度もそれを繰り返してきたこと。

今か今かと待っていたが、自分ではなく彼女の家で怪異が観測されたことが悔しいということ。そして——。

「今度ビデオカメラを渡すから、まったく同じ条件で実験してみようって……なんならうちの母にも協力をあおいで、どうにかしてそのお経の音声を録音できないかなんて」

嬉しそうにそう語る彼の言葉は、これまで以上に遠く聞こえたとMちゃんは言う。

「ほんとに、もう無理だなと……」

数日後、彼女は男と別れ、連絡を取り合うこともなくなった。

結局、動画をネット上にアップしたのかどうかも、未確認だという。

# Z区画封鎖トイレ前にて

当時、社会人二年目で一人暮らしをしていたS君は、毎晩暇を持て余していた。

「給料は安かったけど、その分、仕事も忙しくなかったし、定時で帰れていたから時間だけが余ってたんだよな。だから車に乗って、よくドライブしてた」

仲の良かった大学の後輩連中を呼び出し、どうでもいい会話をしながら、夜な夜な車を走らせる日々。それだけでも暇つぶしにはなったが、ある日、ふと思いついた。

「ちょっとドッキリみたいなことを仕掛けたら面白いんじゃないかって、肝試しの企画を立てて、そこで一発カマしてやろうかなと」

彼が舞台として選んだのは、その街では有名な心霊スポットである霊園。

「AからZまで区画が分かれているんだけど、Z区画っていうのが『出る』と言われている場所で、もっとヤバいって噂だったのが、そこから少し行ったところにある給水塔なんだ。そこまで車で行って、驚かせてやろうと思った」

手順はこうだ。

肝試しをすると言って後輩達を呼び出し、霊園へ向かう。園内をゆっくりと周り、Z区画の前で車のエンジンを止め、ライトも消す。そこで霊園にまつわる怪談を披露した後で、一芝居うち、最後に給水塔を目指す。

「給水塔に着くまでに恐怖感を煽《あお》っておくのが重要だなと思ったんで、Z区画での芝居に関しては一人で練習したりもしたよ、絶対ビビらせてやろうと思って」


当日、いつものメンバーが揃い、S君を含めた四人で霊園へ向かう。

案の定、誰も状況を怖がっておらず、車内はいつも通り賑やかだった。

「今に見てろよと思って、内心でほくそ笑んでさ」

霊園に着くと、S君にも予想外なほど良い雰囲気になっていた。

「霧がものすごくって、ほんの数メートルしか視界が利かない状態だった。正直言って、その時点でちょっと胸騒ぎがしたんだよな」

見通しの悪い霊園内を徐行しながら、S君は最初の目的地であるZ区画を目指す。

夜間だからか、はたまた霧のためか、昼間に下見に来た時と比べ、なんだかやけに道路がわかり難い。ウロウロと迷った挙句、予定よりも大分遅れてZ区画前に辿り着いた。

「その近辺にトイレがあるんだけど、封鎖されていて、まぁシチュエーションとしてはいい塩梅だったんだ、連中もどんどん静かになっていって」

エンジンを止め、ライトを消す。

深夜の静まり返った霊園、車内は仕掛け人であるS君ですら圧迫感を覚えるほど、重苦しい空気に包まれていた。

そんな中、一つ、二つと霊園にまつわる怪談を語っていく。

「長い手が手招きしてくるとか、白い人影が見えるとか。そんな話の後に、この霊園では車のエンジンがよく止まるらしいっていう話をして」

ここで、例の一芝居。

S君は、車のエンジンを切る際に、ギアをドライブのままにしておいた。

この状態では、いくらキーを回してもエンジンは掛からない。

「あれ？　あれ？　おいおいエンジンかかんないよ、ヤベえ！　って小芝居打って、もう車の中はパニック寸前だった」

やめて下さいよ。

嘘ですよね？

ちょっとちょっと！　マジですか先輩！

後輩達から、次々に悲鳴があがる。Ｓ君は思い切り焦るフリをして、何度も大げさにキーを回してみせる。

「ホラ！　ホラ！　エンジンかかんねえよ！　ってさ、もう面白くって。奴ら全員車の免許を持ってなかったから、仕掛けがわかんないわけ」

——そろそろ、ギアをパーキングに入れてエンジンをかけるか。

後輩たちの恐怖は煽るだけ煽った、あとは給水塔を目指すのみ。

その時だった。


クスクス、クスクス。

ふふふ、あはは。

ぶふっ、ははは。

助手席と後部座席に乗っている後輩たちが、なぜか笑い出した。

「突然、三人揃ってだったから、俺の芝居が臭すぎてバレたんだと思った」


あはは、あははは。


笑う後輩たち、しかし、目を見開いたその表情は、明らかに歪んでいた。

彼らはS君が話しかけても返答せず、苦しそうに笑い続けている。

「顔つきがぜんぜん面白そうじゃないんだ。じゃあ、なんで笑ってるんだよって」

これはおかしい、怯えたS君は車を出そうとギアに手をかける。

——え？　どういうこと？

「もうパーキングに入ってたの、ギア」

震える手でキーを回すが、やはりエンジンはかからない。

後輩たちは、妙な表情で笑い続けている。

すると——。

ははは、あはははは。

自然に漏れた笑い声。

何一つおかしいことなどない。

そもそも笑おうとすら思っていない、にもかかわらず、S君は自分の口から笑い声が漏れるのを自覚した。

奇妙に歪んだ顔で、あははアハハと笑いながら互いを見つめ合う車上の四人。

――これではどうにかなってしまう。

ごめん……申し訳ありませんでした！

一体、何に対してなのか、不意に心に浮かんだ謝罪の言葉。

「その瞬間、急にエンジンがかかったんだ。俺はキーに触れてなかったのに」

まだ笑い声が口から次いでいたが、構わずにアクセルを踏む。

四人はそのまま笑いながら、車で霊園を飛び出した。

「その後間もなくだったよ『ふざけんなコラ！』って、後輩の一人が突然怒鳴って、その拍子に俺を含めた皆の笑い声が止んだんだ」

一体どういう心の動きだったのか、その後、四人は口々に悪態をつき、互いを罵《のの》り合いながら帰路についた。

「今考えればアレもおかしかった。なんだろう、ものすごく腹が立つっていうか、辱められたような気持ちがずっと残っていて……。だからまぁ八つ当たりだったんだろうな、お互いに」

以降、S君が後輩達とつるむことはなくなった。

顔を合わせると気まずくなるように思われ、連絡を取らなくなったのだ。

後輩達からも連絡がないまま、もう十五年が経つという。

# 発情サイキック

Rさんは現在三十代の女性、高校は女子高だった。

彼女はオカルト大好き女子高生だったらしい。

「うちの学校には、変な噂があったの。国語を担当している先生について」

その先生の授業中には突然、ひとりでに教室の出入り口が開くことがあった。

「引き戸なんだけど勝手にね、スーって、静かに開くんだ」

もちろん頻回ではないし、中にはイタズラでそういうことをする生徒もいたらしい。

「私が一番出入り口に近い席だった時にもあったよ。でも状況的に、あれは絶対イタズラじゃなかった、ビックリしたもん」

その際、先生は慣れた様子で「イタズラやめろよ」とRさんに注意をした。

「イタズラじゃないよ！　と思ったけど、じゃあなんなの？　って話になるよね」

ここで、冒頭に出た「噂」の話に戻る。

「その先生さ、私たちが入学する以前、生徒に手を出して妊娠させたことがあって、その娘が自殺したっていう話が、それはもうまことしやかに囁かれてて」

どうやら、その自殺した女生徒が先生を恨みに思い、授業を妨害すべくドアを開けるのだという話が広まっていたようだ。

「だからといって生徒に嫌われてるかっていうと、そうじゃないんだよ。そもそも生徒との噂が流れるぐらいだから、女子受けする見た目なわけ」

すらりとした八頭身、贅肉筋肉少なめの細身体型、けだるそうな表情が似合う顔。

「渡〇篤〇みたいな、ああいう雰囲気。それで声がね、またいいのですよ」

Rさん曰く、子宮を揺らしてくる声だったとのこと。

授業の際、こっそりレコーダーでその声を録音している生徒もいたという。

「あれはほんとに女子高生には毒だった。三十歳なんて当時の私たちからしてみればオッサンなのに、ガチ恋してた生徒はかなりいたと思う」

かくいう彼女もその一人。

「私は奥ゆかしかったから、直接声かけたり、馴れ馴れしくなんてできなかったの。その代わり、迷惑にならない範囲で先生の私物盗んだりはしてた、今だから言うけど」

地味な女子生徒を犯罪に走らせる程、魅力的な先生だったのだろう。

異性にうるさい年齢の娘らに、そこまで評価されるオッサンは珍しいかもしれない。


ある時、そんな先生に対して、ぶしつけな質問をする生徒が出た。

「先生は生徒を妊娠させたことがあるって本当ですか？　って、何かの弾みで口走っちゃった奴がいたんだよ」

しかし先生はまったく動じる様子もなく
――俺がそんなことしてたら、ここでこうしてるわけないでしょ。

と、コツコツ黒板を叩き、ダルそうに否定したのだそうだ。

「それで、そりゃそうだよねって」

Rさんは前々から、噂には否定的だった。

「先生の言う通りだもの、そんな不祥事起こしてたら女子高の教師なんて続けてられないでしょうたぶん」

となると、急に出入り口が開くという怪現象の説明がなくなる。

「うん、私は直接見たからだけど、殆どの生徒はアレをイタズラだと解釈していたみたい。そんな中で、きっと私と同じようにイタズラではないと気付いた誰かが、もっともらしい理由を捻りだした結果、それが噂話として定着したってところかな。後から確認してみたら、二個上の先輩世代から始まった噂だったようだし」

では、なぜ戸が開くのか？

「これは私が聞いて回った範囲での話ではあるんだけど、面白い傾向があったの。うちの高校って複数の科があって、偏差値もそれぞれ違うんだけど、偏差値低めの科だとその現象も少なくて、偏差値高めの科では多いんだよ」

先生は科をまたいで、複数の担当クラスを持っていたという。

そのクラスによって、戸が開きやすい科と、開きにくい科があった。

どういうことだろう？

「ま、こんなこと言っちゃアレだけど、偏差値の低い学科の娘は就職組だから結構みんな遊んでたんだよね。だからなんて言うの、そういう意味でのフラストレーションを溜め込むっていうことが少なかったんだと思う」

つまり、異性と付き合っている割合が多かったということらしい。

「逆に私たちのクラスは進学組だったし、地味な芋娘が多かった。男の子と付き合うなんて夢みたいな話だから、ムッツリスケベばっかり」

性的なフラストレーションは、先生の私物を盗んだり、声を盗み撮りすることで間接的に解消していくしかない。

「さっきの傾向を言い換えると『溜まってる娘』が多いクラスではそれが多く起きて、『リア充娘』の多いクラスでは少なかったってことになるわけ」

なるほど、そうなると、どうなるのだろう？

「生徒たちの性的な欲求が昂じた結果、それがなんらかの超能力的な発露をみたとか？無意識下での、一種のアピールだったのかなと思うんだ」

つまり、ポルターガイスト的な現象の一つだったということだろうか？

あれも、思春期の娘が起こす現象だと聞いたことがある。

「多分ね、だからそもそも、先生がエロすぎるのが悪かった」

するとRさんもまた、その現象に一役買っていたことになる。

「私か、先生の声を録音してた娘か、あるいはその両方が大きな原因だったのかもしれないね、だから先生の注意も、あながち間違いではなかったのかなと」

# ○○だんご

Lさん宅の近所には、死亡事故が多発している道路がある。
Lさんの三歳になる息子は、散歩などでその付近を通ると、必ず立ち止まるそうだ。
息子は首をかしげ、その場で何かを見つめるように虚空へ視線を向ける。
息子はお絵かきが得意だが、今度はその絵を見てLさんが首をかしげる。
大きな丸の中に複数の顔、丸の輪郭からは毛のように無数の手足が生えている。
その何かを、息子は夢中になって何枚も何枚も描くのだそうだ。
その絵には必ず信号機が描かれていることから、どうやら場面は例の道路らしい。

# お揃いを希望

Aさんが、付き合っていた彼からプロポーズを受けたのは今から三年前。

同棲をしていたアパートの一室で、二人で夕食を食べている時のことだった。

「ごく自然に、なんの気もないような感じで、籍入れようって言われて」

頷くAさんの手を取り、その指に指輪をはめた彼は「よかった」と一言。

二人、幸せに包まれながら眠った、その夜。


「うーんうーんっていう、苦しそうな声で目が覚めたんです」

声のする方に目を向けると、常夜灯に照らされた彼の顔には玉の汗が滲んでいた。

体調でも悪いのだろうか？　と、体を起こしたAさんは、それに気付いた。

「彼の枕もとに、人が正座しているのが見えて……」

カエルを思わせるような、ギョロっとした目が印象的な人物だった。

気配はまったくなく、どこかから投影された映像のようにも感じる。

驚いたAさんは、唸り声をあげる彼を揺さぶり起こした。

——あああ助かった。

そう言って彼が飛び起きると同時に、枕もとの人物は掻き消えた。

「ずっと金縛りにあっていたそうなんです。頭はハッキリしているのに、目も開けられず体も動かず、ものすごく怖かったようで……」

荒く呼吸をしながら額の汗を拭う彼を見て、Aさんは思った。

「枕もとに人が見えたことは黙ってようって。プロポーズを受けたばかりなのに、私が変なことを喋ったら、彼が心変わりするんじゃないかと思ったんです」

彼はその晩、もう眠る気にはなれないと言って、ずっと起きていたそうだ。


その次の夜。

「やっぱり、唸り声が聞こえて来たんです」

二人が就寝して数時間、真夜中のこと。

「前の夜のこともあったので、やっぱり枕もとが気になって」

恐る恐る首を捻り、視線の先に捉えたのは、昨晩とは違う人物の姿。

「細身で、頭が大きくて、コケシっぽい顔でした、穏やかな表情をしていて」

そんなものが、彼の枕もとで、じっと正座している――ように見える。

やはり存在感はまったく感じられないものの、目には映った。

前日同様、彼を揺さぶり起こすと同時にそれは消えたが、Ａさんは悩んだ。

「これ、黙ってていいことなのかなと、もしかしたら何か大変なことの前触れなんじゃないかって……そんなことを考えました、でも」

飛び起きた彼氏は竦《すく》み上がり、夜が明けたら病院へ行くと言った。

金縛りになるのは、自身の体に異常があるせいだと考えたようだ。

「それを聞いて、もう一日だけ様子を見ようと思って。病院で何か原因がわかればそれで良いわけですし。まずは病気である可能性を疑おうと。でもそうすると、どうして私にああいうものが見えたのか、そっちの問題は残っちゃうんですけどね……」

そして翌朝。

あの後眠れなかった二人は、肩を並べ壁ぎわでもたれ合うように一晩を過ごした。

明け方にウトウトしだし、目覚めたのは七時すぎ。

なんだか外がうるさいような気はしていたという。

お互いが朝の支度をし、同時に部屋を出たのはそれから一時間後。

「ドアを開けたら、アパートの駐車場にパトカーが停まっていたんです」

Aさん達が部屋から出てきたのを見つけ、申し訳なさそうに大家が駆け寄って来た。

どうやら、彼らの部屋の真下に住んでいた人が亡くなっていたらしい。

「一人暮らしのお爺さんでした。数日前から連絡が取れなかったみたいで、不審に思った知り合いが朝早くに訪ねてきたところ、亡くなっていたと」

孤独死とみられたが、不審死には変わりないため警察が呼ばれたようだ。

「お爺さんとは顔見知り程度の関係で、特に仲良くしていたわけではないんですが、それを聞いた彼が『これだったのかな』と言ったんです」

確かに、同じ屋根の下、床を挟んで直ぐのところで人が亡くなっていたのだから、彼が自身の金縛り体験と関連付けたくなる気持ちは理解できる。

「でもそうすると、私が見たモノはなんだったんでしょうか？」

その日、仕事の合間に病院を受診した彼には何の異常も見つからなかった。

そして以後、彼が金縛りにあうことも、Ａさんが妙なモノを見ることもなくなった。

やがて二人は結婚し、現在は別の場所で暮らしている。

「あの金縛りについて、彼は『下のお爺さんが亡くなっていたから』という理由を付けてスッキリ納得しているんですよ。でも私は、変なモノ見ちゃってるので、そう短絡的に納得できないというか……二人そろって金縛りなら良かったんですが……」

# 真に受ける

未発表の怪談話が少なくなってきていることもあり、ここ一年程は怪談とまったく関係ない理由で会う人にも、失礼にならない範囲でそういった話がないかと声をかけることが癖になっている。しかし、殆どの方は「いやぁ、ないですよ」と、首を振る。

こちらとしては「実際に幽霊を見た話」や「インパクトの強い因縁話」のような、いかにも怪談然とした話だけでなく、何がなんだかわからない妙な話や、日々生活している上で感じた超常的な違和感などがあれば、それを聞かせて頂けるだけでもありがたいのだが、なかなか思うようにはいかないのが現状だ。

もしかすると、一部の怪談好きを除いて、大多数の人の中に「これこれこういうもの」という怪談に対する強いイメージがあるのかもしれない。故に、その規定から外れたものはそれと認識されることなく忘れられ、日常の中に埋もれていってしまうのではないだろうか、（もっとも、私が書いているものが正当な意味で怪談なのかという話はあろうが……）などと考えた結果、試みとして、これまで私が書いてきた本に名刺を添えてお渡しし、「後日何か思い出した話があればご連絡下さい」とお願いしてみることにした。

幽霊も出なければ因縁もはっきりせず、ついでに言えば怖くもないと言われる私の著作を読んで頂くことで間口が広がり、人によっては「あるいはこれも？」と何某《なにがし》か思い当たることもあるのではないか、と思った次第。

以下は、そういった経緯で得られた話だ（ただ、その内容は少し予想外なものであり、自著を配ることでこういう風に話が展開することもあるのか、と思わずほくそ笑んだことを追記しておく）。

D氏は、東北地方に住む四十代の男性、建設関係の仕事をしている。

手渡した私の本を読んで「事実とは異なることが書いてある箇所」を発見したため、連絡をくれたという。

問題になったのは二〇一八年の春に刊行した『怪談奇聞　祟リ食イ』の中に収録されたエピソード。

話者のお祖父さんが自分の山にゴミを不法投棄されることに困り果てていたところ、某所で不法投棄対策として「小さな鳥居」を点々と掲げているのを目撃し、真似て自作したそれを自分の山にも設置したことから始まる妙なできごとを書いた。

D氏は先ず、その話の中でお祖父さんが鳥居を目撃した「某所」を、具体的に名指しで当ててきた。

私は基本的に、自著において場所が特定されるような書き方はしないのであるが、D氏の指摘によれば、少しだけその場所を匂わせる描写があったのだそうだ。

そして、もし自分の指摘が正しければ、その「某所」に「小さな鳥居」が設置されるようになった本当の理由は「不法投棄対策」ではないのだと語った。

不法投棄対策でなければ、なぜ山に何十もの小さな鳥居を設置する必要があるのか？

不思議に思った私が訊ねると「どちらかと言えば『不法投棄対策として鳥居を設ける』ほうが邪道だろう」と彼は笑った。

しかし、では他にどんな理由があると言うのだろう？　日本人の素朴な信仰心をついた妙案として以外に、小さな鳥居の使い道などあるのだろうか？

疑問に思い詳しく話を聞くと、そもそも「某所」では、ある時期、山の木々に膨大な数の藁《わら》人形が打ち込まれるということがあったのだそうだ。

太い五寸釘を用い杉の木へ打ち込まれた藁人形の数々は、不気味を通り越して壮観ですらあったとD氏は言う。

「暇な奴がいるもんだ」と笑いつつ、しかし放置しておくわけにもいかなかった。

藁人形は文字通り藁でできたものであるから、しばらく風雨に晒されれば朽ちるが、金属でできた釘はそのまま木々の中に残ってしまう、これが大問題だったらしい。

そもそも「某所」は、木材加工用に木々を育てるため管理されていた山であり、藁人形が打ち込まれていた木はすべて商品であったのだ。

当時、「某所」では夜間に見回りをしたり、注意書きを貼り付けたりなど、藁人形が打ち込まれるのを防ぐために様々な対策をとったものの、監視の目をかいくぐるようにそれは増え続けた。

その結果、苦し紛れの一手として「小さな鳥居」を設置することとなった。

神威を借りて呪いを封じる、などというつもりはサラサラなく、コンセプトとしては不法投棄対策としてそれを行うのとなんら変わらない、素朴な信仰心に訴えかけるという戦略。

やってはみたものの、当初から「小さな鳥居」には大して期待はかけられていなかった。イタズラや嫌がらせとして藁人形を打ち付けているのだとすれば、そんな罰当たりな人間が、突然設置された由来も何もない鳥居を見たところで信仰心故の呵責《かしゃく》など感じないだろうというのが大方の見方だったからだ。

しかし予想に反して、それ以降、藁人形が打ち付けられることはなくなった。

「犯人にも、素朴な心が残っていたということでしょうか?」

そう問うた私に、D氏は言う。

「俺も、最初はそう思っていたんだけど、アレ? って思ったんだよな。まぁそれが不法投棄には効くのだとして、ゴミを棄てに来た連中は、どうせ他の山なり海なりにそれを棄てるんだろう。奴らにとっては『ゴミを棄てること』が目的なんであって『どこに棄てる』かは自由なんだし、小さな鳥居はその選択に介入するための手段でしかない。でもさ、藁人形を打ってた奴は、あの山を管理する人間に対して、嫌がらせのつもりでそれをやっていたんだろうから、他の山で同じことをしたって意味がないんだよ。だったら鳥居に構わず、ぶっこめばいいじゃない藁人形を。単なる嫌がらせなんだったら、どうしてそれをやめる必要があるんだ？」

　ということは――。

「そう。あれ、イタズラでも嫌がらせでもなく『本気で呪ってた』んだろう。人を呪わば穴二つなんて事態を回避するために、誰にも見つからないように人形を打っていたんだとして、それが本気だったから、自分の呪いを返されるような事態は避けたかったんじゃないか。こっちとしては苦し紛れの一手でも、そいつの回路ではリアルな対策だったってこと。本気でそんなこと考えているような奴にとっては、あの鳥居はハッキリと脅威だったんだろうな」

　期せずして、犯人の本気を垣間見た格好になったわけだ。

「ああ。いやさ、勘違いして欲しくないんだけれど、この話っていうのは、信仰している宗教によっては肉食えないとかっていうのと同じようなもんでね、自分の中の流儀を重要視している人間は、それによって行動の制限を受けることがあるってだけの話でさ、呪いだ神様だっていう話ではなかったんだよ。ホント、ただただ迷惑な行為がなくなってよかったねって、それだけだったんだ。犯人にも目星はついていたんだけど、証拠もないし、もうやらないなら不問にするかって……そう言っていたのに……」

聞けば、ある時点で、既に数人の容疑者がピックアップされていたのだという。

「コイツかコイツかコイツ、って三人いたんだけど……それから間もなく、そのうちの一人がね、まぁ酷いことになっちゃったんだわ……下手なこと言うとわかる人にはわかっちゃうから言わないけどね、ホント、ちょっと考えられないぐらい悲惨な目にあって」

一体どんな目にあったのか聞きたかったが、簡単に話の場所を特定されるような脇の甘い書き方をする人間には教えられないと一蹴《いっしゅう》された。

「家族なんかの関係もあるから面白おかしく話せるような内容ではないよ。ただ、そんな現実を目の当たりにするとさ、こっちとしても考えなきゃならないことがあるよな？ そうだろう？」

単なる嫌がらせだと思っていた藁人形に、苦し紛れで乙《おつ》な対策をとったところ、どうやら相手は本気で呪っていたことが判明し、結果的に呪いが返ったのか、犯人と思しき人間が悲惨な目にあった、というのが一連の流れだ。

「うん、だとすると……どうして『呪いが返った』んだろうな？ いくら本気で呪われていたのだとしても、俺らは廃材を利用して手作りした鳥居を適当に括《くく》りつけてみただけ……なのに、普通は有り得ない天罰みたいな目に遭った人間が実際にでたわけだから……そりゃあビビるわ、引っ込みがつかなくなった」

D氏らは、自分たちで制作した、なんの由来もない鳥居に対し、図らずも神威を感じざるを得なくなった。

「だからあれ以来、毎年手入れしてるんだよ鳥居。自分たちで始めておいてなんだよって話だけどさ、外すに外せなくなっちゃったんだ。何かあっても困るし、おっかねえから続けようぜってことでね」

つまり、当初は「藁人形対策」だった鳥居作戦が、いつの間にか対外的には「不法投棄対策」として伝わっていったのだ、ということをD氏は私に伝えたかったらしい。

「もちろん他は違うんだろうけど、少なくとも俺らの所はそういう経緯だった。ミイラ取りがミイラって、別にミイラ取るつもりもなかったんだけど、結果的にそうなってしまったんだ。平成も終わるってのに、いつの時代の価値観だよって言われそうだけど、日常で悲惨な死に方を目の当たりにするってのは、そんぐらいのできごとだぞ」

# 身代わり喫煙

その日、W氏は大学時代の同期四人と共に、亡くなった友人の一周忌法要に出席した。

当初、法要を終えた後は日帰りするつもりであったが、事前に故人の両親へその旨を連絡した際、せっかく遠方から顔を出して貰えるのなら、ぜひ家に泊まっていって欲しい、と熱心に勧められた。

これも供養だと思い、皆で一泊、世話になることにしたのだった。

寺での法要はつつがなく終わり、案内されたのは田舎の農家らしく大きな家。

「土地持ちの息子だとは聞いていたけれど、まさかこんなにデカい家に住んでいたとは思わなかった。男が四人で泊まってもまだまだ部屋が余るぐらいの家で」

古めかしい雰囲気はあったが、都会育ちのW氏にとってはそれも良い味に思われた。

供された食事や酒に舌鼓を打ちながら、早くに子を亡くしてしまった父母へ、それぞれが故人との思い出を語り、夜は更けていく。

「自分たちの息子が実家を離れてどんな暮らしをしていたのか、亡くなってしまったとはいえ、親としては気になるところだったんだろうね……」

ありがたいありがたいと、涙ながらに話を聞いていた故人の父母は、やがて、泣き疲れたのか「ごゆっくりどうぞ」との一言を残し、座敷を去って行った。

その後も、W氏らは残った酒を舐めながら、大学時代の思い出話に花を咲かせる。

「なんだかんだで、連中ともしばらくぶりで顔を合わせたもんでね、あまり夜更かしするのは迷惑かとも思ったんだけれど、故人の仏壇の前で飲める機会なんてそうそうないだろうからって、結構盛り上がってしまったんだ」

あの頃はこうだった、あの時はこうした、もうこの世にはいない友人との日々を振り返り、まるで学生時代のように笑い合う。

きっと、あの世でアイツも笑っているだろう、その一言で嗚咽を漏らした仲間の側で、あやうく自分も泣き出しそうになったW氏は、タバコに火を点けると、その煙を深々と吸い込んだ。

故人は大の愛煙家で、学生時代は日に三箱も四箱もタバコを吸っていた。

どこからそんな金が出てくるのかと当時は訝しんだものだが、これだけ大きな家の息子だったのであればと納得できた。

「あるいは、それが寿命を縮めたのかもしれないけどね……でもまぁ死んだ後までそんなことを言うのも野暮じゃない」

その日集った四人全員が喫煙者であり、故人も含め喫煙所で親交を深めた仲。

家人が席についていた間は喫煙を遠慮していた他の三人も、W氏がタバコを吸い始めたのを見て、次々それに続いた。

灰皿に一本、火を点けたタバコを手向け、立ち上る煙を眺めながらの一服。

ずっと我慢していたせいか、一服終るとまた一服、タバコを吸う手が止まらない。

「アイツのためにもどんどん吸ってやろう、線香の煙なんかでは満足できないだろうしなって」

その夜は深酒も連続喫煙も、全て故人にかこつければ許される、そんな雰囲気だった。

酒とニコチンが回り、場も煮えてきた頃。

上機嫌で話を続けていたW氏は、なんだか妙な気配を感じ始めた。

「こう、背筋がスーッスーッとなるんだ、思わず海老《えび》反っちゃうような感じで」

その度に、背後に人がいるような気がし、キョロキョロしてしまう。

その様子を見た他のメンバーが「ああ、背中がスーッとなるんだろ？　俺もさっきからそうだよ」と言う。

聞けば、そこにいる四人全員が、さっきからW氏と同じ体験をしていた。

「これはきっと、本当にアイツが来てるんじゃないかと」

そう言ったW氏の言葉につられるように、皆無言で仏壇の遺影を見つめた。

遺影の中の友人は、照れたような笑みを浮かべ、無言で見つめ返してくる。

「そりゃあそうだ、せっかく俺らが訪ねて来たんだから、アイツが来ないわけがないよなって、かえって盛り上がった」

そうしているうち、酒が尽き、タバコも尽きた。

時刻は既に一時を回っており、W氏にも眠気が襲ってくる。

すでに船を漕いでいるメンバーもおり、そろそろ寝ようかという話が出た。

仏間の隣の座敷には、既に四人分の寝床が整えられている。

あるものは歯を磨き、あるものは便所を済ませ、めいめいが寝支度を整えている最中、気を利かせて自分たちの飲み食いした後を片付けていたW氏は、そのことに気付いた。

「あららと思ったんで、他の奴らを仏間に呼んでさ」

W氏が無言で指さしたのは、さっきまで自分たちが使用していた灰皿。

ガラス製の、鈍器のように分厚いそれには、彼らが吸い散らかしたタバコの吸い殻がひしめいていた。

ああ。

おお。

ええ?

気付いた順に、一人一人が驚いたような声をあげる。

「死んでしまったアイツは、タバコを吸う時は必ずフィルターを噛んでいたんだ。喫煙所でそれを見れば、どのタバコをアイツが吸ったのかわかるぐらい」

目の前にある灰皿には、フィルターが噛まれて扇状に開いた吸い殻しかなかった。

普段、W氏も他の三人も、タバコのフィルターは噛まない。

それを自覚しているからこそ、その異変に気付いたとも言える。

「全部が全部そうなってた、これは明らかにアイツの吸い殻だなって具合に」

そう言えば、いつの間にか背中がスーッとしなくなっている。

なんとなく感じていた人の気配も消えている。

「アイツはきっと、俺らの体を使って、思う存分タバコを楽しんだんじゃないかと思うんだ。やっぱり、線香の煙では満足できないんだろうな」

でもやっぱ、あっちではタバコ吸えねぇのか、キツイよなぁ、とW氏は笑った。

# 不可解なできごと

その夜、自営業のT氏は会社で書類作りに追われていた。

翌日の朝までには形にしなければならないものであったため、徹夜も覚悟しての作業だったそうだ。誰もいなくなったオフィスで時間も忘れ黙々と仕事をしていると、気付けば日付を跨いでいたという。

「ちょっと一服つけようと思って、タバコ咥えて外に出たんだ」

人口数万人の、寂れた風情が漂う田舎町。週末ならまだしも、平日の深夜は驚くほど静まり返っている。駐車場のベンチに腰掛け、タバコに火をつけようとした時だった。

あぁぁぁ　あぁぁぁ

赤ん坊の泣き声に似たそれは、T氏が座っている場所から二十メートル程先、道路を挟んだ向かいにある大きな中華料理屋の方から聞こえてきた。

「発情期の猫だろうなって、そういう声を出すのを聞いたことがあったから」

しかし聞けば聞くほど不気味な声だ。中華料理屋の裏で、おくるみに包まった赤ん坊が泣いている様を想像しながらT氏は煙を吐く。

一本目のタバコを吸い終え二本目を口に咥える。鳴き声は続いていた。

「そしたら、別な音が追加されてさ」

あぁぁあ　あぁぁあ

ヴぅぅう　ヴぅぅう

さっきまでの鳴き声の他に、唸るような、低く響く音。

「あれ？　犬かな？　と思ったんだけれど、時間も時間だしね。散歩でもないだろう。まさか野犬なんているわけもないし、するとなんだろうって」

タバコを口に咥えたまま、火もつけず耳を澄まして様子を探る。

動物のものらしき二種類の鳴き声以外に、周囲から物音は聞こえない。
すると――

けきゃッ　けきゃッ
ヴぅぅう　ヴぅぅう
あぁぁあ　あぁぁあ

「え？　今度は鳥？　って、そう思わせられるような、甲高《かんだか》い鳴き声も仲間に加わって」

それは、先の二種類とは異なり、周囲を行ったり来たりするように、左右に大きく振れながら聞こえてくる。

「こう、大きなブランコに揺られているみたいな具合で、あっちで聞こえたと思ったらそっち、そっちかと思えばあっちっていう」

これは一体なんなんだろう、夜更けに動物たちが集会でもしているというのだろうか。

あぁぁあ　あぁぁあ
ヴぅうう　ヴぅうう
けきゃッ　けきゃッ
タタッタタッタタッタタッタタッタタッタタッタタッ

怪訝な顔でタバコを咥えるT氏の耳には、いつの間にか何がしか大きな獣が走り回るような足音らしきものまで聞こえてきていた。

「今度は鹿かイノシシか、とにかく四足の獣が走り回っているようなリズミカルな音、鳴き声とかじゃなく、足音だなと」

そんな音たちが、なぜか中華料理屋の裏手から聞こえてくる。

T氏の会社の周辺には、小さな薬局など住居一体型の個人商店が軒を連ねているため、音に気付いた誰かが様子を見に来ても良さそうなぐらいの賑やかさにはなっていた。

「それこそ薬局のおっさんとかが二階の窓から顔でも出さないかなと思って、ちらちらそっちも気にしてたんだけど、そんな様子はなくって……」

音たちは、息継ぎなどせず、まるで音響機器から流されてでもいるかのごとく、繰り返し同じように聞こえてくる。

「ブレーメンの音楽隊っていう童話あるじゃない？　あれの音バージョンっていうかね、深夜だったし、なんだかヤバいんじゃねえのみたいな気持ちになってきた」

猫、犬、鳥、四足の獣、これらがまるでセッションでもするようにある一定の場所で鳴いたり飛んだり走ったり、そうそう有り得る状況ではない。

「あるいは、俺が疲れているせいかな？　とも思ったんだ。ずっと残業続きだったから、しばらく睡眠もちゃんととれてなかったんでね、その晩だって徹夜のつもりだったし」

経験したことのない事態に面喰らっていたT氏は、冷静になるべく、さっきから咥えたままのタバコに火をつけようとライターを構えた。


ぁぁぁぁぁぁぁアアアアアアアアアアッやめッ！


「『だめッ！』だったかも知れない。なんかヤクザ映画とかでこれから酷いことをされるっていう人が命乞いするみたいな、そんな『人の声』だった」

それが周囲に響くと同時に、一切の音が掻き消えた。

「その瞬間に、俺はタバコ吐いて会社のなかに駆け込んだんだ」

深夜、街灯もまばらな田舎の町。一変して訪れた静寂は、さっきまで異音が聞こえていた状況よりも不気味だったとT氏は言う。

「音が消えた瞬間に、暗闇の中で何かがギラっとこっちを睨んだような気がした。それに当てられて、アワ喰った感じ」

仕事に戻ったT氏だったが、その後は作業がはかどらず、結局、次の日の朝までに書類をあげることは叶わなかった。

「そんで、次の日も会社に泊まり込むことになったんだ、それで――」

# 続、不可解なできごと

　その日の晩、仮眠を取って臨んだ二日目の泊まり込み。

「いやァ、昼間は最悪でさ。自分がしでかしたこととはいえ、方々に謝って頭下げて、予定の調整だのなんだのバッタバタで」

　仕事を遅らせた自分が悪いのは重々承知の上だったが、睡眠不足も重なってT氏のイライラは頂点に達していた。

「そんな時に家に帰っても、嫁にあたったり子供にあたったりしがちなんだよ俺は。前にも同じようなことがあったんで、かえって状況が悪くなるのは目に見えてた」

　そのため家には帰らず、自社に泊まって仕事を続行することを選んだ。

　昨晩の妙なできごとは、切迫した状況の前では夢か何かと変わらず、それを反芻《はんすう》するような余裕もなかったとT氏は言う。

「もうカリッカリしてたから。前日の夜にあんなことでビビってしまった自分自身にも腹立ったし、もし今晩同じようなことあったら、猫でも犬でも走って行って蹴っ飛ばしてやろうぐらいには思ってた」

冷静になって考えてみれば、そうそうない状況ではあるにしろ、まったく有り得ないということもないだろう、夜中に動物が集まって騒いでいただけとも言える。

珍しい事態ではあろうが、すくみ上がるほどのことでもない。

最後の「人の声」も、動物の鳴き声がたまたま「そう聞こえた」だけで、実際に誰かが叫んだわけではないと考えるのが妥当だ。

現に、その日の昼間、夜のできごとに関連するような騒ぎもなかったことだし。

「疲れて神経が過敏になってたんだろうなって」

気持ちを落ち着け、目の前の現実、早急に処理しなければならない仕事に集中する。

食事も摂らず、八つ当たりでもするように作業に没頭したT氏。

ある程度の目途がつき、ホッと一息ついたのは、午前二時を回った頃だった。

気持ちにゆとりができたせいか、ふと我に返るように昨夜のできごとを思い出した。

「ちょっと気が緩んだ隙をつかれたみたいにゾワゾワっと。時間も時間だしさ」

タバコを一服したかったたが、なんだか気が引ける。

伸びをするようにオフィスチェアに体をあずけ、ぼんやりと部屋の曇りガラスを見つめると、チラチラと赤い光が見えた。

「んん？　っと思って。これ警察とか救急車のランプだなと」

その割にはサイレンの音などは聞こえてこなかったが――。

興味をそそられた上、きっと誰かが外にいるだろうという安心感を得たT氏は、タバコを咥えて駐車場に出た。

見れば、黒いジャンパーを着て帽子を被った連中が数人ウロウロしている。

停まっていたのはパトカーだった。

警官らしき人影は、地面をライトで照らしながら、付近の道路を舐め回すようにチェックしている。

「あれ、なんだこれと思って。そのうちの一人に声かけてみたんだよ『何かあったんですか?』ってさ。そしたら『この近辺でひき逃げか何かがあったようで』と言うわけ」

ひき逃げ? こんな時間に?

日付を跨げば人っ子一人、車すらも通らなくなるような町である。

そもそも「ひき逃げか何か」とは歯切れが悪い。

「だからもういっかい聞いたんだよ『何かってなんですか?』って」

すると警官らしき人物は「あそこの交差点で、結構な量の血痕が見つかったんです。転倒によるものなのか、あるいは加害か、事故かどうかもわからないんですが、通報があったので現場の記録を取っています」と言う。

どうやら、被害者も加害者もはっきりせず、大量の血痕だけが交差点に残されているようだ。十数メートル先の交差点に顔を向けると、確かに警官らしきが二人ほどライトで地面を照らしている。

「俺はずっと会社で仕事してたからさ、いくらなんでも、ひき逃げみたいなことがあれば何がしか物音で気付いたと思うんだよな。まぁ勝手にすっ転んで頭打ちましたっていうのならば知り様もないけれど」

T氏は親切心から、その旨を伝えた。

自分はずっとこの会社にいたが、事故やトラブルのような物音はしなかった、そもそもこの辺は夜になると殆ど人通りがなくなるんですよ、など。

「そしたらさ『ああそうですか』って、何の興味もなさそうに言うわけ。こっちは善意の市民として情報を提供しているのに、ご協力ありがとうでもなんでもなく」

いささか気を悪くしたT氏は、それ以上彼らに関わることをやめ、駐車場でタバコを吸った後で仕事に戻った。

明滅するパトカーのランプが見えなくなったのは、それから数十分後のこと。

「そんでまぁ、朝方には全部片付いて、一安心」

夕食も摂らずに仕事を続けていたため、強い空腹を自覚した。

「五時頃だったかな、ちょっと先にあるコンビニまで弁当を買いに出たんだよ」

道すがら、血痕があったという交差点に差し掛かる。

「野次馬根性で、もしまだ血痕が残っていたら写真でも撮っておこうかなって思ったんだ。まぁ、警察が洗っちゃってるだろうし、そんなわけないだろうけれど」

しかし、その予想は妙な方向に裏切られる。

交差点には、やはり血痕など残ってはいなかったが――。

「その交差点、四方に横断歩道があるんだけれど、それに囲まれた内側だけ、なんだか大変なことになってたんだ」

そこには、どこから持ってきたのか、木々の枝や木の葉、赤茶けた土、小石などが放置されていた。

「まるで交差点の中にだけ台風でもやってきたみたいにね、ものすごく散らかってるの。そんでさ、更に不思議だったのが、その中心にこう、こんもりと砂でできた山があって」

子供たちが、公園の砂場で作るような砂山だったという。

「つまり、わざわざ意図的にこういうことをした人がいたってことでしょう？　でもそこはつい数時間前まで警官がいた場所なんだよ？」

T氏は不審に思い、それ以上に気味が悪く感じた。

コンビニで弁当を買うと、そのまま少し離れた交番まで足を運ぶ。

「放置するわけにもいかんでしょ？　交通の妨げにもなるだろうし。かといって俺が自分でなんとかする筋合いもないしね。それにもし昨日の血痕絡みの何かなのであれば、警察に言っておいた方が良いだろうなって」

　交番につくと、T氏は状況を説明した。

「それがさ、うまく話が通じないんだよ」

　血痕が見つかったという話に関しては説明するまでもないことだろうと思っていた。現場から交番までは歩いても十数分、そう遠くない位置にあるのだから、当然、一報があって然るべきである。

「なのにさ『なんのことですか？』なんて言われて」

　どうやら、交番に詰めていた警官は、昨夜のできごとを知らないらしい。

　それどころか「そんなことはなかった、警察は出動していない」と、T氏に言い切ったそうだ。

「えー？　って思うじゃない？　なぜか俺が怪しまれてる感じもあったんで、まぁ、どうあれ今の交差点の状況だけでも確認してくれって言って、警官つれて交差点に戻ったんだ」

　交差点には、木切れも、木の葉も、小石も、そして砂山もなかった。

　T氏がその場を離れていたのは時間にして三、四十分、付近の人間が気付いて片づけたにしては、あまりにも整然としすぎていた。

「なんの跡形もなく、きれいさっぱり消え失せてた。これは、俺もホントにどうにかしちゃったのかなって……そんで、警官と交番まで戻ってさ、住所と連絡先控えられて、職務質問だよね」

まったく関連性は見いだせないが、T氏の身に二日続けて起こった不可解なできごと。

「イタズラ？　わざわざ俺を狙って？　それにしちゃあ大がかりすぎるでしょう。俺はあの後で近所の人達に訊いても回ったんだよ、変な鳴き声とか、パトカーとか、散らかった交差点とか……誰か何か見てないか、聞いてないかと思って……　でも誰も知らないって、あのできごとは、俺しか知らない……」

そう言って、T氏は力なく笑う。

この話は、それから後、ずっと胸に秘めてきたそうだ。

「まぁ、あまりそれに拘るのもおかしいからさ……不可解ではあっても、生活に支障をきたすようなものではないんだし……何か妙なことがあったなぐらいで、できるだけ気持ちの上で距離をとってる……うん、でも……それっていうのは、あれ以来、あの一件に引っ張られるような思いが常にあるからなんだ……もっと詳しく調べたりとか、類似したできごとを探してみるとか……ただ、そっちに引っ張られると、色々とバランスを崩しちゃうんだろうなって気はしてる……だからまぁ、こうやって話したのを区切りにして、忘れるように努力するよ」

# 関係なかった

それは、Ｌちゃんが高校生だった頃、初めて彼氏ができて間もなくのこと。

「夜に一人で部屋にいると、時々、荒っぽい感じで階段を駆け上がって来る音が聞こえるようになったんです」

もちろんそれは同居している家族によるものではない。

誰も階段など上がって来ていないのに、音だけが聞こえるのだ。

「けっこう大きい音がして、私は揺れなんかも感じたんですけれど、家族は誰もそれに気付かないんですね、私だけに聞こえるようで」

ある時、Ｌちゃんは彼氏の家に遊びに行った。

二階の部屋で、一階のトイレに行った彼を待っていた時、気付いたのだという。

「彼が階段を上って来る音が、私が家で聞いていたのとそっくりで」

わざわざそんなに力強く駆け上がらなくてもいいのに、というほど大きな音。

その力加減は、間違いなく例の音だと思われたそうだ。

「なので、きっと心が通じ合っていると、そういうこともあるのかなって」

当時はそう思っていたが、彼と別れて数年になる今も階段の音は続いているとのこと。

# 道連れ

「その日は夜勤だったんで。夜中にラウンドが終わった後だから、二十四時過ぎぐらいですかね？　一人で外に出てタバコを吸おうと思って」

「え？　今時、病院でタバコ吸っていいの？」

「ああ、うちは大丈夫なんす、もちろん建物の中は禁煙ですけど、敷地内禁煙ではないんで、外には普通に灰皿ありますよ」

「へぇ、でも看護師なのによく怒られないね？」

「いやいや、看護師とか医者は結構喫煙者多いです」

「そうなんだ」

「まぁそれでですね、病棟から外階段使って一階に降りて、喫煙所のベンチに腰かけてタバコ吸ってたらですね、ニャーンって、鳴き声がしたんです」

「猫？」

「そうです、暗くて姿は確認できなかったんですけど、給食の人達がこっそり餌付けしてる猫がいて、僕も何度か撫でてたんで、多分そいつかなと思って」

「それで？」

「餌付けしてるっていっても野良ですからね、見えないのに下手に手を出して引っ掻かれでもしたら大変なんで、無視してタバコふかしてました」

「結構危ないんでしょ？　野良ネコの爪」

「場合によってはものすごく腫れたりしますよ」

「へぇ」

「ただ、その日は猫の方が寄って来たんです、俺の足元に」

「餌貰えると思ったのかな？」

「多分そんなとこじゃないですかね、でも俺は何も持ってなかったんで」

「避けた？」

「いや、下手に動いて驚かせちゃうと引っ掻かれるかもなんで、タバコ吸ってるうちは成すがままにされてました」

「すり寄って来たんだ」

「そうです、脛《すね》の辺りをウロウロしながら、スリスリスリスリ、俺の両足を軸にして8の字に行ったり来たり」

「で、その時なの？」

「そうなんです、あれ？　なんかちょっと違うなって思ったんですよ」

「どういう風に？」

「先ず、猫ってこんなに長かったっけ？　って、周りは明かり無いんで、足元が見えないんですよね、雰囲気で猫だと思ってたけど、それにしては……」

「他には？」

「なんか毛並みもおかしいなって気はしてました、それぐらいっすね」

「それで、思わず下を見てみたら、そうだったと」

「ええ、猫の体は影になってるんですけど、そのケツの辺りに青白い人間の顔がくっ付いてて、そこだけボヤっと浮くように見えて……ビックリして変な声を出しちゃいましたね」

「そりゃ驚くよねぇ」

「ですね、そんなの見たの初めてだったんで」

「それからどうなったの？」

「俺の声に猫も驚いて、どこかに走って行きました」

「顔も一緒に？」

「顔も一緒に」

「なんだと思う？　それ」

「いや、俺も色々考えてみたんですけど、そのくっ付いてた顔、その日病院で亡くなった患者さんに似てなくもなかったんですよ」

「ほうほう」

「だからきっと、その人の魂かなんかが、猫と一緒にいたのかなと」

「猫好きだった？」

「そこまではわかりませんけど、でも多分そうなのかな」

「面白い、良い話だね、俺、こういう直接的な話ってなかなか入って来ないから助かる、ありがたい」

「ああ、でもこれ、まだ続きがあるんですよ」

「そうなの？　どんな？」

「次の日の朝、夜勤明けで病院近くの道路を歩いていた時に、その猫が死んでいるのを見たんです、車に轢かれたのか、まだ新しい感じで」

「えーと、それは急展開だな、猫が取り殺されたってことなのか？」

「そうかなとも思うし、そうじゃないかなとも思います」

「どういうこと？」

「さっきも言いましたけど、亡くなった後に猫にくっ付くような人なら、多分猫好きだと思うんですよ。だったら守ることはあっても、事故に遭わせたりはしないかなと」

「まぁそれはそうだね」

「なんで、これは僕の勝手な解釈なんですけど……」

「どうぞ」

「あの猫、俺の足元に来た時点でもう轢かれてたんじゃないかなと思うんです」

「というと？」

「轢かれて、幽霊になった猫に、同じく幽霊になった猫好きの人がくっ付いてたんなら、なんとなく話は合うかなと」

「冥途《めいど》の道連れってやつか」

「そうですね、同じ猫好きとしては、仲良く三途の川を渡れていればいいなと思います」

# 騒霊現象

不思議なもので、怪談の蒐集《しゅうしゅう》をしていると、ある時期に同じような体験談だけが集まり続けることがある。

少し前は「オーブ」の話がそうだったが、今回は「ポルターガイスト」だった。

家の中で物体が勝手に移動したり、地震でもないのに家具が揺れたり、何処からともなく音が聞こえてくる場合もあれば、光るものが舞うこともあるという、古今東西で古くから知られた怪奇現象の一つだ。

昨年秋頃より、それぞれ別な体験者の方々から、それと思われるお話を伺うことができたのだが、正直なことを言えば、それらには一定のパターンがあり、似たような話になりがちであるため、一冊の怪談本に複数載せるのはいかがなものかと思われた。

よって本稿においては、今回得られたポルターガイスト現象にまつわる話の中から、特に私がそそられた内容のものを一つだけ選び、書いていくことにしたい。

今から二十年前、話を聞かせて下さったTさんが、女子高校生だった頃の話である。

「当時っていうか、今もなんだけど、うちの実家は結構頻繁にそういうことが起こるのね、お化け屋敷なんだよ」

彼女の実家は、二階建ての一軒家。

その頃は、母親と彼女の二人暮らしだった。

「細々とした話をするとキリがないから、一番強烈だった時の話だけでいいかな？」

その日、彼女は部屋の模様替えを試みており、夜になる頃には、スッキリと片付いた部屋作りが完了していたのだそうだ。

「いい気分でくつろいでいたんだけど、頑張りすぎたせいか、いつもより早めに眠くなっちゃって、二十二時頃にはベッドに入ったんだ」

横になって間もなく、異変に気付いた。

「静かな所で寝ていると、耳の中でシーンっていうかリーンっていうか、そういう音が聞こえる気がするじゃない？　あれがさ、リーンリーンリーンって、複数平行して鳴っているように聞こえてきたんだよ」

あ、何かあるかもしれない。

何度も妙な経験をしてきた彼女は、その変化を敏感に感じ取った。

「何かが起きる時って、必ず『あ、これは』って思うの。予感がするっていうか、明らかに気配が変わるんだよね、ついさっきまでと」

布団を被って身構えた彼女が最初に感じた異変は、カタカタという音だった。

「そのぐらいのことは普通にあったから、最初は怖くもなかったんだけれど」

やがて、その音はある一定のリズムをとっていく。

「カタタタタタタン、カタタタタタタタン、って、音と音の間に一拍あるの。そんな風に鳴ったことって今までなかったから、これは嫌だなと」

カタタタタタタタン
カタタタタタタタン

マーチングバンドの小太鼓の如く、リズムを刻み続けるTさんの部屋。

「不規則にカチャカチャ鳴るぐらいなら、なんてことなかったんだけど、その夜の音は規則的だったせいか、そこに人為的な何かを感じたんだよね」

ハッキリと恐怖を感じはじめた彼女は、しかしなぜかベッドから起き上がることもなく、状況の中に取り残されてしまう。

「起き上がれなかったんだよ、怖くて。だからすっぽり布団被ったまま、大声で呼んだのね『おかーさーん!』って、何度も」

いつもなら、まだ母親は起きている時間帯だった。

木造二階建の家である、大声で叫べば居間にいる母に聞こえないはずがない。

「でも全然助けに来ないんだ母が。こっちは必死で叫んでいるのに」

これまで似たような状況の時は、母親は飛んできてくれていた。

「来ないってことは、声が届いていないということだから　それも含めておかしい状況なんだろうなって思った」

そのまま、部屋はリズムを刻むように鳴り、揺れ、時々光った。

「パッパッって、なんかフラッシュ焚いたみたいに赤い色が出てきてて、ああこれホントにどうしようと」

恐怖を「感じている」のではなく「感じさせられている」ような無理矢理感があったとTさんは語る。そんな中、彼女は、更にあることに気づいた。

「部屋の中は暗かったんだけど、当時使っていた時計ってデジタルの光るやつだったの。それが目に入ったんだよね、なんかの拍子に」

時刻は深夜一時と表示されていた。

「もう絶対おかしいわけ。だって私、二十二時にベッドに入ったんだから……それまで体感で二十分ぐらいしか過ぎてないはずなのに、それが三時間も経っているなんて」

それだけの状況であれば、時計の表示そのものが怪異により狂ってしまっていた可能性もないとは言えない。しかし、その時の彼女はそこまで頭が回らなかった。

「もうダメだと思って、なんで家の中でこんな怖い思いしなきゃなんないのと、腹が立ってきたりもして、布団から飛び出す機会を窺いはじめたんだ」

すると、そんな彼女の気持ちを察したように、不意に部屋が静まり返った。

「あ、これ罠だなって、絶対罠。危ない、嫌だって思ったけれど、もう一人でいるのも限界だったから、覚悟決めてベッドから飛び出したの」

その瞬間――。

「ドーン！　って、屋根に飛行機でも落っこちてきたような音がして……腰抜かしちゃってさ、もう泣いたよね、マジ泣き」


這うように部屋を出、叫びながら階段を降りているうちに、やっと母親が気付いた。

「どうしたの？　って言うから、助けて助けてって、泣きながら階段滑りおりて」

やはり時刻は一時を回っており、部屋が鳴り始めてから三時間以上経っていた。

話を聞いた母親は何度か頷くと、一階のリビングで寝てはどうかと提案した。

「母はリビングの隣の仏間で眠っていたので、何かあれば絶対に声が届くからって」

リビングのコタツに足を入れて横になると、いくらか緊張がほぐれた。

戸を開けているため、隣で眠る母の姿も目に入っている。

もう早く寝てしまおうと思うが、気持ちとは裏腹に、なかなか寝付けない。

ふと気づくと、目の前に真っ赤な球が浮いていた。

そして、再び聞こえてくる規則的なリズム。

「すぐに大声を出したんだけど、隣の母にはその声が聞こえないのか、全然反応がないの……何度大声で叫んでも、ぜんぜんダメで……」

コタツから起き上がって隣に駆け込めばいいようなものだが、なぜかそれは頭になかったと彼女は言う。

Tさんは完全に恐慌状態に陥っており、奇声をあげながら泣くだけだった。

「それで、何回か叫んだら急に眠くなってきて、もう怖いとかどうとか、状況がエスカレートし過ぎたせいでワケがわからなくなってたんだと思う。よく気絶するなんて言うけど、その時は気絶じゃなくて、いろいろ諦めた上で、眠気に身を任せた感じ」

そしてそのまま、朝を迎えた。

「起きたら喉がカラカラで、キッチンの冷蔵庫から飲み物をとろうと開けたら、冷蔵庫が冷えてなかった。コンセントが抜けてたの、私も母もそんなことしてないのに……」

以上がTさんから伺った話である。

二十年以上前の経験を思い出しながら語って頂いたため、整合性の面で難しい部分があり、こうやってまとめてみても、なかなか突っ込みどころの多い話になってしまった。

ただ、私が例えようもなく心惹かれたのは、最後の「冷蔵庫のコンセントが抜けていた」という部分。

普通ではありえないような異常事態を体験した翌朝に、そんなことを……というのがこの話の魅力であると感じる。

# 地蔵を蹴る

Dさんは、道端にあった地蔵を意味もなく蹴りつけた人間が、その場で突然死ぬ瞬間を目撃したことがあるという。

「なんの気なしにお地蔵さんを蹴ったように見えました、そしたら急に『あ、すみません！』って言って、コロッとひっくり返ると、そのまま……」

その人物の周辺に人は一人もおらず、一体誰に向けて謝ったのかと、しばらく話題になったそうだ。

# 親孝行

「道を歩いていると、頭の上から『ぶち殺すぞコラ！』なんて言ってくるんですね。私だけじゃなくて、近所の人達全員が怖い思いをしていたと思います」

Fちゃんが言うには、その人はもともと遠洋の漁船に乗っていた漁師で、仕事中の怪我がもとで数年前に退職を余儀なくされた後、アルコールに溺れていったのだそうだ。

「うちの町は似たような人結構いますよ。それこそ操業中に、わざと怪我して労災保険を貰うのを繰り返している人とか……だいたい最後にはアル中になるんですよね」

彼女の自宅がある地区は、段々畑のような階層状になっている。一番下から一番上まで四段に分かれた状態で宅地分譲されたのは、今から四十年程前のことである。

「うちの両親は、一番下の土地を買って家を建てたんです」

問題の人物の家はFちゃん宅の一段上に建てられているため、彼女が自宅付近の道路を歩いている様子は丸見えだった。

「何が面白くないのか、酷いときは上からゴミを投げつけてくる時もありました。いつも酔っぱらっていて、シラフでいるのは見たことないです。まだ五十手前ぐらいですかね、若くはないですけど、年寄りでもない」

その人物は、下の道路が見下ろせる自宅の小窓から顔だけを出し、日がな一日暴言を吐き続けることを繰り返していた。

「私が成人した時にはもうそんな状態だったんで、かれこれ四年ぐらいは怯えながら暮らしてました。世の中で物騒な事件が報道されるたびに、あの人のことを思い浮かべて嫌な気持ちになるっていう」

事態を重く見た地区の自治会が申し入れを行ったこともあったそうだが、効果があるのは数日で、すぐに元通り叫び始める。

「外を出歩いて暴力を振るうなんてことはなかったんで、警察に言ってもまともに取り合って貰えないなんて話は聞きましたね」

ある日のこと、Fちゃんがいつものように警戒しながら自宅に続く道を歩いていると、頭上から「おい」と声をかけられた。

「普段なら何を言われても無視するんですが、なんだかいつもと様子が違う言い方だったので、思わず見上げてしまったんです」

いつもの小窓から顔だけ出した男は、彼女に対し「おい、どうする?」と問いかける。

怪訝《けげん》な顔で歩き去ろうとするFちゃんに、男はなおも続けた。

「大変なことになるぞ」

「大変なことになるぞ」

「大変なことになるぞ」

すっかり気味が悪くなり、身の危険すら感じた彼女がその場から駆け出すと、背後から「親孝行しろよ!」という大きな声が聞こえた。

「これまで暴言を吐かれることはあっても、呼びかけられるなんてことはなかったので、ちょっとザワザワしました。嫌だなぁって」

次の日、いつものように仕事を終えて夕方。

バスを降りたFちゃんが自宅へ向かって歩いていると、前方に人だかりができていた。

「なんだか慌ただしい様子で、パトカーまで停まっていたんです」

そういえば昨日は男の様子がおかしかった、とうとう何かやらかしたのだろうか？

恐る恐る近づいて野次馬の一人に状況を訊ねると、黙って顎《あご》をしゃくるような動作。

「ん？　と思って例の小窓を見上げたら、あの男が俯いているんですよね」

すぐにはわからなかったが、表情もなく、微動だにしないその顔から、やがて彼女はすべてを察した。

「わざわざ通りから見える場所で首を吊っていたんです。それを発見した同居のお母さんが取り乱して、隣の家に駆け込んだそうで」

周囲から聞こえてきたのは、男は船での事故後、足腰を悪くして家の中を歩くことすら厳しい状態であったこと、通っていた病院でトラブルを起こして以降はまともに医療を受けず、痛みを紛らわすために酒に頼っていたこと、そんな息子の面倒を七十代の母親が一人でみていたこと――そんな話だった。

「まぁ、理由もなくアル中になる人間なんて、そうそういないですよね……それで、だったら前の日に声をかけられたのは、遺言みたいなものだったのかなと……大変なことになるって言ってたし、と思っていたんですけれど……」

大変なことは別に起こった。

「私が家に帰って来た頃には、まだ煙が上がっていました。うわぁ、こんな酷い臭いがするんだって、茫然としちゃって」

男が首を括った翌日、昼下がりに起こった火事は、隣り合った二軒が全焼するという痛ましい事態を引き起こした。

「それで、火元っていうのが、前日に男のお母さんが駆け込んだ家だったんです」

男の家の隣家から出火した炎は、右隣の家に延焼し、二軒を嘗め尽くした。

しかし、前日に息子を亡くした老婆の住む左隣の家は、外壁を少し焦がす程度で延焼は免れたという。

「火の勢いはものすごくて、うちの母の話ではいつ男の家に燃え移っても不思議ではないぐらいだったそうなんです。無事だったのが信じられないって…… それで、それを聞いた私の父が『アイツが親孝行したのかもな』って、不意にそんなことを呟いたので……」

「どうする？」

「大変なことになるぞ」

「親孝行しろよ！」

自死を選ぶ前日に男が発した言葉が、自分には預言めいた意味を持って記憶されているのだと、Ｆちゃんは言った。

# 不摂生か祟り

「アホでしたからねぇ、とりあえず笑えればいいやみたいな感じで、なんでもイケイケでしたよ俺らは。神も仏もいないなんてのは生まれた時から知ってたんで、好き放題ですよ、なんでもね。笑って生きられればいいの」

いかにも縁起でも無さそうなことをしていそうな人に対して「若い頃ってどんなでした?」という話を振ると、本当にどうしようもないことをやらかしている場合が多く、なおかつ、それを武勇伝のように喜んで語ってくれるので、とてもありがたい。

特にこのL君は、近年、私が話を聞いた中でも殆ど最悪な部類の縁起でもないことを実行しており、その上なんの反省もしていないという、まさしく理外の人。

まだ二十代前半であるにもかかわらず「若い頃ってどうでした?」という私の質問に意気揚々と答えてくれた彼の話を、以下にまとめた。

「そうっすね、殴ったり蹴ったりは捕まってしまうし、酒を一気飲みさせたりするとハラスメントっていわれますし、ネットに画像上げたりすんのも、なんかめんどくせえでしょ？　炎上するでしょ？　だからまぁ仕方なかったんすよ、自分のうんこを食わせました」

彼が何の話をしているのかというと、仲間内で行っていた罰ゲームとよばれる個人への制裁に関しての話である。

彼が所属していた不良グループは、十代から二十代の若者十数人で構成されており、人様が目をそむけたくなるようなことばかりしていたようだ。

どれだけグループに貢献したかをドンブリ勘定のポイント制で競い合い、ある一定期間において貢献度が低いとみなされたメンバーには容赦なく罰ゲームが下されたという。

「その頃、俺はもうあんまりノレないなっていう気分だったんで、そんなに頑張れなかったんすよね、だからまぁ、罰ゲームでもいいかなっていう感じになってました。それまで他の奴らには色々やらせてたんで、俺が罰ゲームってなったら皆喜んでましたよ」

一応グループという形はとっているものの、構成員はL君と似たり寄ったりの、いかんともしがたい人物ばかりだったため、身内意識は皆無で、警察に捕まろうが病院に運ばれようがそれはそれ、そうなった自分が悪いという考え方が浸透していたとのこと。

「それなりにリスクのありそうなことをやらせないとツマラナイんで。皆それなりに体張ってましたから、俺の時は何をやるかで結構モメました。俺はなんでもよかったっすけどね、結構恨まれてたし、下手したら死ぬようなことでもね」

せっかくだからと新しい方向性を模索し、皆が知恵を絞った結果、L君に課せられたのは、ある建物を破壊するという罰ゲームだった。

「メンバーの一人が『うちの近くに古い神社みたいなのがあるけど』っつったんすよね、んでスマホで調べたんすけど出て来なくて、でも絶対にあるって言うんで、行ってみたら本当にあったんです、ボロッボロの神社」

くだんの神社らしき建物は、さる豪邸の裏山に建っていたそうだ。

その豪邸は古く、既に半ば廃墟化しており、人は住んでいない。

L君の話から推測するに、どうやら元々、その豪邸の持ち主が管理していた社なのではないかと思われる。

「んで、なんでかそれを俺が一人で壊して来るのが罰ゲームだってことになったんすわ。俺は嫌だったんすよ、なんでそれが罰ゲームなのかよくわかんなかったんで。そしたら『アブねぇ建物壊すんだから危ねぇだろ』って。危ねぇ建物壊すのは慈善事業でしょう」

Ｌ君にとってみれば、それは単なる解体に過ぎず、面倒くさくはあってもリスクを感じるような要素はどこにもなかった。せいぜいが、見つかった場合に警察の厄介になる可能性があったぐらい。

「そんなねぇ、うちのアパートの風呂場にすっぽり収まるぐらいの小せぇ神社をぶっ壊したからなんなのっていう。どうせなら俺はもっと伝説に残るようなことをしたかったっす。他の奴がやったことないような、派手なことを」

どうあれ、グループのしきたりに従い、Ｌ君は神社を破壊する運びとなった。

自前の解体ハンマーを持ち、ある日の真夜中に例の裏山へ忍び込むと、小一時間程で作業を終えた。

「なんでこれ、今までちゃんと形んなってたの？　ってぐらいボロボロで、完全に腐ってました。ハンマーで何回か小突いたら勝手に倒れたんで、あとはそれを叩いてこなして、平らにして終わり。なんつーこともなかったすね。ホント意味わかんねぇなって」

その後、何事もなかったのか訊ねると、彼自身には何もなかったらしい。

ただ、彼に神社の解体を行うよう指示したグループの幹部が、それから間もなくして亡くなっているそうだ。

「幹部ってもデブなんですけどね、なんだか顔が黄色いなって思ってたんです。ミカン食い過ぎたの？　って訊いたら、別にミカンなんて食ってねぇって言ってて、ミカン食ってなきゃそんなに黄色くなんないでしょって、そう言ってるうちに入院しちゃって」

幹部の彼は、入院前しきりに眠い眠いと言っており、ちょっと椅子に腰かけただけですぐにイビキをかいて寝てしまうほどだった。入院してからは、あれよあれよという間に、亡くなってしまったという。

「二か月持たなかったんじゃないっすかね。なんだっけ？　肝臓？　に脂肪が溜まり過ぎてたとかなんとか、デブでしたからね。それから俺もデブにならないように気を付けてるんすよ、病院で死ぬのは勘弁なんで」

幹部の一人が亡くなった余波なのか、それからほどなくして、彼の所属していたグループは一人抜け二人抜け、櫛《くし》の歯が欠けたようになった挙句、解散することになった。

「祟り？　祟りってなんですか？　そんなもんがあるんなら真っ先に俺に来なきゃおかしいでしょ？　デブはデブだから死んだんだし、グループは慈善事業を罰ゲームだなんて言うようになったから終わったんですよ。面白くなけりゃ人なんて集まんないんすから、その辺はしっかり押さえておかないとダメっすね、ホント」

# 瓢箪から駒

現在四十代のA氏が中学二年生だった頃の話。

一月のある日、彼は所属していた野球部の練習のため、学校近くにある神社にいた。

「長い石段があってさ、それを何回もダッシュで上がったり下がったりするわけだ」

まだ野球人気が高かった時代、彼が通っていた中学では一年生から三年生まで、かなりの数の男子生徒が野球部に所属していたため、結果的にグラウンドでの練習からあぶれる部員が多かった。

「グラウンドで野球部らしい練習ができるのは、それぞれの学年で上位の実力がある人間だけ。俺らみたいなのは球すら触らせてもらえなかったな」

よって、野球部とはいっても、彼らがやることといえば走り込みぐらいであった。

「まぁ、体力はついたよね、野球はさっぱりだったけど」

その日も、すっかり慣れ親しんだ神社の急な石段を休みなく往復し続けていたという。何度それを繰り返したか、冬空の下であるにもかかわらず、寒さなど気にならないほど汗だくになっていたA少年の目に、さっきから気になるものが映り込んでいた。

「上り切った神社の境内の端の方に、何かゴミ捨て場みたいなところがあって、そこにこう、妙にそそるものがね、あるなぁと」

近くに行ってそれを確認したい気持ちはあったが、他のメンバーが皆真剣に走り込みを続けている最中である。自分だけのんきにその列を離れるわけにもいかない。

「当時は練習中に水を飲むことも禁止されてたんで、下手な動きをして神社の手水《ちょうず》を飲もうとしているなんて勘違いされたら大目玉食らうからさ、気にはなったけどその場はやり過ごして、ちゃんと走ってた」


やがて、練習が終わり、帰り足。

A少年は逸る気持ちを抑え、一人コッソリと神社に向かった。

祭りや行事でもなければ誰もいない真っ暗な境内を駆け抜け、石段を上がり切ると、彼の言う「ゴミ捨て場」に近づく。

「やっぱり！　と思って、エロ本！　何十冊も束になったやつが捨てられてた」

核心は持てなかったが、十中八九そうだと思っていたらしい。

インターネットで、すぐにアダルトな情報に触れられる現在とは違い、当時の中学生にとって道端で拾うエロ本の一冊一冊は非常に貴重なものだったとはA氏の弁。

「それが一気に何十冊も手に入ったワケだから、ウハウハだったよ」

しかし、そのまま家に持って帰るには量が多すぎた。

A少年は、束になっているエロ本を、とりあえず自宅の近所に持って来ると、その中から一冊抜いて、残りをその辺の目立たない場所に隠すことにした。

「捨てられて何日か経ってたんだろうね、束の両端は濡れてたりして状態が悪かったんで、ちょうど真ん中ぐらいからキレイなのを一冊抜きとろうと思ったんだけど……」

エロ本は思ったよりも、かなり厳重に縛られていた。

「先ずビニール紐でギッチリ十字に縛り付けられてて、更にその上から、なんつーの、藁《わら》の縄？　で、もう一回縛ってあった。よっぽど他の人に見られたくないようなシロモノなんだろうっていう気迫を感じたよね」

なんとかそれらを除去し、束の真ん中から一冊抜きとると、カバンに忍ばせた。

「それで、家に帰って、飯食って風呂入って、親が寝たのを確認して、さぁいよいよ楽しませてもらいましょうと。これが結構エグい内容でさ、そりゃギチギチに縛るよねっていう」

一ページ一ページを食い入るように見つめ、本の中盤に差し掛かった時。

「写真が挟んであったんだ」

写っているのは、バイクにまたがった柄の悪い少年の姿。

しかも、顔に見覚えがある。

「近所のタバコ屋の息子、俺よりも四つ年上だったはず」

不良少年として、有名な人物であった。

ということは――

「このエロ本、あの人のだったのかぁって、ちょっとビビったんだけど、それよりさ……」

恐らくは夜に撮られたであろう写真の右側、何もなさそうな黒い空間に、不自然に大きな顔が写り込んでいた。

「観音様みたいな、薄く目を開けた大きな顔だった」

ちょっとただ事ではない写真だなと、Ａ少年は直感した。

「それ見たらエロい気持ちなんてすっかり冷めて、一気に萎えちゃった。え？　これ心霊写真じゃねえの？　って、当時そういうのが流行《はや》ってたから尚更」

しかしどうあれ、ネタとしては面白い。

「心霊写真なら学校でも結構話題になるだろうなと、明日になったら皆に見せようと思ってたんだけど……」

次の日、目覚めたＡ少年は、異変に気付いた。

「机の上に置いていたその写真を見てみたら、昨日の夜に見たあの観音様みたいな顔がどこにもないの、消えちゃってたんだよね」

――やっぱり本物だったんだなぁ。

そう思うと、なんだか縁起が悪い気がして、写真は登校の道すがら破いて捨てたとのこと。

※

「どうよ？　これだけでも結構怖くねぇ？」

そう言われてA氏の話を振り返ってみたのだが、なんだか不審な点、腑《ふ》に落ちないことがあったので質問してみることにした。

「先ず『神社のゴミ捨て場』ってなんなんですかね？　神社にゴミ捨て場なんてあります？」

「ホラよくさ、正月飾りなんかを燃やすイベントあるじゃない」

「どんと祭？」

「そうそう！　今思えば、あれの燃やすやつの置き場所だったんだろう、松飾りみたいなのに紛れて置いてあったから、エロ本」

「あぁ……なるほど。それで……では、それを踏まえた上でなんですが、エロ本がビニール紐でギッチリ縛られてたって仰ってましたよね？」

「うん、かなり固く結ばれてたな」

「それでその上から……藁の縄？　藁の縄って、普通使わなくないですか？　エロ本まとめるのに」

「まぁなぁ、あんだけビニール紐でギッチリ縛ってるんだから、あんまり意味はないよね」

「意味ないのに、わざわざ使いますかね？　藁の縄を」

「そりゃ、一応神社に捨ててあるわけだから、格好だけでもって思ったんじゃない？　松飾りに紛れこませてエロ本捨ててるわけだから、注連縄《しめなわ》っぽく巻いておくかみたいな、ねぇ？」

「そもそもエロ本を神社に捨てるってどういうことなんでしょうね？」

「そんなの俺に訊かれても困るわ、ひと気ないし捨てやすかったんじゃないの？」

「うーん……それでその、写真なんですけど……」

「あれは今思い出しても怖い。絵面も怖かったけど、次の日には写ってた顔が無くなってるんだからなぁ、あの顔、生きてたってことなのかな？　写真が」

「それが……エロ本の真ん中に、挟んであって」

「縛られてたうちの真ん中ぐらいにあったエロ本の、更に真ん中ぐらいに挟んであったってことになるわな……」

ここで、A氏の話を別観点から考えてみたい。

どうやらそれを神社に置いたらしい「タバコ屋の息子」の立場から、である。

あくまでも仮定の話ではあるのだが、この一連はその「心霊写真」がベースになっているのではないだろうか？　つまり、なんらかがあって「心霊写真が撮れてしまった」ため、それをエロ本に挟んで、更にそのエロ本を別なエロ本で挟み（これにどういう意味があるのかは不明だが、何か恐ろし気なモノを生命感溢れる陽性のもので中和しようということならば、なんとなく理解できなくもない）ビニール紐できつく縛った後で、藁の縄、恐らく注連縄的なもので巻き、神社に遺棄した。のだとすれば――。

「もしかしたら、どんと祭で『心霊写真を焚き上げてもらう』のが『タバコ屋の息子』の目的だったんじゃないですかね？　単にエロ本捨てやすかったからとかじゃなく、写真も、たまたま挟んであったわけじゃなくて……」

「……厄払い的な意味で？」

「まぁ、そういう儀式とはちょっと系統が違うかもしれませんけど、ヤンキーの考えることですから、神社で燃やして貰えばなんとかなる的な？　クソもミソも一緒っていう……」

「え？　じゃあ、どういうことになるの？」

「わざわざエロ本で挟むってことの意味が不明なんですけれど、なんと言うかコーティング？　怖いからエロ本で写真を何重にも覆ったのだとして……注連縄的な縄まで巻いてるわけですし……それなりの理由があったんじゃないのかなと……」

「理由ってなんだよ？」

「そんなのわかりませんけど、何も無いんならそこまでする必要ないですよね？　写真単品を捨てるなり燃やすなりすればいいんであって……」

「何かがあって、そこまでした？」

「多分……そんな感じしませんか？」

「うーん……なんだ、そうするとあのエロ本は心霊写真の祟り的なものを封印する意味でああやってたってこと？」

「ああ！　そっか！　そうですね、封印って言葉はしっくりきます」

「え、じゃあ、結論どういうことになるの？　え……」

「ですから、Aさんが、封印された写真を、燃やす前に開封しちゃったことになるわけですよ」

「あ、マジ？　ええ……」

「……？」

「ええ……マジかぁ」

「いやいや！　そんな深刻な顔しないで下さいよ！　何十年も前のできごとなんですし、俺の話もあてずっぽうですから！　適当に想像してそれっぽく結論付けただけで、何の信憑性もないですよ。確かに写真の顔が消えたってのは怖いですけれど、そもそもエロ本で封印って！　アホですよアホ、すみません、なんか調子に乗り過ぎちゃって」

「死んでんだよ」

「は？」

「死んでんの、タバコ屋の息子」

「は？」

「これ、オチとして最後に話そうと思ってたんだけど、事故でな。路肩に停まってた車が急に運転席のドア開けたところにバイクで突っ込んでって話だった。当時、結構近所で噂になってさ」

「いつ？」

「俺が中二の春休み」

「え……ということは……」

「俺がエロ本持って帰ってから約二か月後」

「いやあ、ないっすよ、偶然ですよ」

「覚えてんだよ、事故って死んだって聞いた時に『あんな写真撮られるぐらいだからなぁ』って、そう思ったのを覚えてんだよ。罰当たりだなあとか、思ってたよ、俺」

「いやぁ、それは……ないっすよ、関係ないっすよ」

「俺がエロ本持ち出さなければ、あるいは……」

「ないっすよ、ないっすよ、偶然っすよ、ねぇ……」

# 自己申告

高齢者福祉に携わっているWさんは、その日、市営住宅に住む独居老人を訪ねた。呼び鈴を押しても反応はなかったが、鍵が掛かっていなかったためドアは開いた。すると目の前には老人が倒れており、その傍らに倒れている老人本人が座っていた。座っている方の老人は、硬直したWさんに向かって、「死んだ」と一言呟き消えた。倒れている方の老人は、確かに死んでいたという。

# いつかそのうち

現在四十代の男性、T氏が中学生だった時の話。

「その頃、うちの実家は茅葺《かやぶ》き屋根だったんですよ」

今はトタンに変えてしまったそうだが、屋根の面倒を見ることができた祖父がご存命のうちは、見事な屋根ぶりを維持しており、近所の小学校などが授業で見学にくることもあった。

「祖父《じい》さんは茅葺きの職人というわけではなかったんですが、器用な人で知識もあったようです。屋根の掃除なんかは一人でやっていましたし、手入れが必要な時は、近所の仲間とか親戚なんかに日当を渡して手伝ってもらいながら、屋根を守っていたんです」

祖父はT氏に「自分の家の屋根なんだから、自分らで手入れできねえようではダメさ、お前にもそのうち教えてやっから俺が死んだら頼むぞ」などと言い、期待を寄せていたそうだ。

「父親は面倒くさがって祖父さんに協力しなかったんで、俺に継いでもらいたかったんでしょうね。俺は屋根で作業している祖父さんを見て育ったので望むところでした。まぁ結局、祖父さんの死後は維持し続けられなくなったんですが……」

彼の祖父は、屋根の状態を観察しながら、必要があれば常時こまめに手を入れ、数年に一度ぐらいの割合で、大規模な修繕を行っていたらしい。

「修繕と言っても、丸々葺き替えるようなことはせず、痛みが酷いところだけ、いつもより念入りに手入れするっていう感じでした、そういう時に手伝いを呼ぶんです」

当時は彼の家だけでなく、近隣に数軒の茅葺き屋根の家があり、その家々と連携しながら必要資材の確保などを行っていた、また他所で人手が必要な時は、お祖父さんが出《で》張《ば》って作業の指示などを行っていたとのこと。

「けっこう頼りにされていたようですね、立派な祖父さんでした」

ある年、T家の茅葺き屋根の修繕作業が行われていた時のこと。

「祖父さんは張り切って仕事をしていたんですが、何日目かの作業中に突然大声を出したんです」

それは驚きとも恐怖ともつかないような、妙な叫び声だった。

「どうしたどうした？　って、うちの家族や手伝いの人とかが心配して声をかけたら『おい、今家の中に外人なんていねぇよな？』と真剣な顔で言うんですね」

外人なんているわけがない、そう言われた祖父は、自分を納得させるように何度か頷くと作業に戻った。

その場にいたT氏は、あんなに動揺している祖父を見たのは初めてだったと語る。

「突然何を言い出すんだろうと思いました。齢は齢でしたが、ボケているような人ではなかったし、小さなことで騒ぐような性格でもなかったので」

その日の晩、不思議に思っていたT氏は祖父に昼間はどうしたのかと問うた。

すると祖父は「いやあ、あれは不思議だった」と、首を捻る。

「屋根葺きの作業中に、天井から家の中が覗けたそうなんですが、どうもその時に、うちの居間に外国人らしき人達が何人もいるのが見えたと言うんです」

一体どういうことなのか？　気のせいで済ますには突拍子もなさすぎる話に、T氏が怪訝な表情をみせると、祖父は「この家もそのうち人手に渡ったりすることがあんのかも知れねぇな」と、寂しそうに呟いたという。

「その時、祖父さんが何を考えていたのか、私には知る由もありませんでしたが、つい最近になって、あることに気付いたんですよ」

現在、T氏の実家はリフォームを行い、ゲストハウスとして運用されている。

「両親が高齢になったので、利便性を考えてちょっと離れた都市部にマンションを購入しました。今はそちらで暮らすのがメインなんですけど、実家は実家で歴史ある建物でしたから、腐らせておくのも勿体ないと思って」

それと、祖父の発言にどういう関係があるというのか？

「ええ、実はですね、当初は日本人観光客を相手にした商売になればなと思っていたんですが、近頃は外国の人の利用も増えてきているんですよ」

つまりあの日、祖父が言っていたことが現実になっているのだと、T氏は言う。

となると、彼の祖父が見たモノは、彼の実家の未来の居間だったのかも知れない。

「なので、いつかそのうち、外国のお客さんが居間にいるタイミングで、屋根の上から祖父さんの叫び声が聞こえてくることがあるんじゃないかと思って、楽しみにしているんです」

# 土壇場の挨拶

Eさんは六十代のベテラン看護師である。

役職定年をしてから数年、腕を買われて今も病院に勤めている。

そんな彼女が、まだ二十代前半だった頃の話。

「当時は今と違って人も多かったしさ、地方にも活気がある時代だったから、そりゃ毎日忙しかったよ、朝から晩までひっきりなしだもの」

地方都市の繁華街にある外科病院。今はすっかり寂れてしまっているが、彼女が若かりし頃その周辺は、毎晩のように老若男女入り乱れての大騒ぎだった。

「マグロ船が減らされるまでの間は、漁師の人達も今と比べものにならないくらい来てたし、あの人達は金持ってたからねぇ、景気良かったんだ。毎晩飲み歩いてて、飲み屋で私たちの顔を見かけるとその場の払いを全部持ってくれたりしてね」

勢いのある時代。日々そんな調子だったため、喧嘩なども多かった。

「頭割られたり腹刺されたり、そんな人たちが救急車も呼ばないで自分で歩いて夜間受付にきてたよ。今じゃ考えられないよね、腹に包丁刺さったままの人が、ちょっとこれ抜いてくんねぇかって、受付で保険証出すんだから」

そんな状況である。カタギの人だけではなく、当然、そっち系の人も訪れる。

「指を詰めた人とかね、結構来てたよ。当時うちの先生は軍医あがりだったから、そういう人達に『自分でやっといて俺に治療させるってのはどういう了見だ』なんて怒鳴ったりして。滅茶苦茶だよね、今思えば。でも楽しい時代だった」


ある日の深夜、救急患者の対応をしながら忙しく働いていたEさんは、一段落した後に一服しようと、タバコを咥えて病院の外へ出た。

「そしたらさ、うずくまって青くなってる人がいて」

どうやら、Eさんと同じくらいの、若い男のようだった。

駆け寄って声をかけると、男は脂汗《あぶらあせ》をかきながらもEさんに笑いかけ、自分の左手を彼女に見せた。

「小指無くってさ、傷口を押さえてた手ぬぐいも真っ赤になってたな」

病院の中で処置をしようと促すも、男は首を振る。

「これはケジメだからって、切ってすぐに治療を受けたんじゃ意味がないっていうわけ」

ギリギリまで我慢して、意識が飛びそうになったら病院へ駆け込むつもりだったと男は言い、痛みを堪えつつも笑いながら、気を使ってくれたEさんに礼を述べたという。

「本人がそう言うんなら仕方ないよね、でも出血がひどかったし、このままショックでも起こされたら対応するのは自分達だし、放っておくのもねぇって」

Eさんは病棟から冷罨法《れいあんぽう》に使う氷を持ち出すと、ビニール袋に入れて外の男に渡した。

「ガッチリ冷やしておけばそれなりになんとかなるんだよ、意地張ってないでそんぐらいはしてもいいんじゃないのっつって」

男は無言でそれを受け取ると、ペコリと頭を下げ、夜の町に消えて行った。

「ああいう人達は独自の価値観で生きてるから、よくわかんなかった。まぁどうせもう来ないでしょって思ってたんだけど」

しかし、それから半年も経たないうちに、男は再び現れた。

「今度は右の小指。よっぽどどうしようもない人だったんだね」

Eさんのことを覚えていたらしく、病院の中に入って来て彼女に万札を握らせると、氷だけなんとかしてくれないかと言う。

「ハイハイって、病院の氷かっぱらって渡してあげたよ。金はその時に一緒にいた他の娘らと山分けにした」

彼女が最後に男を見たのは、それから一年後のこと。

「あれから何回か病院に来てたんだよ、小指の治療ではなくて、喧嘩して手首折ったりだとか、頭割られた時なんかにね。皆で飲んでると、ちょいちょい町で顔合わせてさ、酒奢ってくれたりもしてたから、まぁ顔見知りぐらいの感じにはなってたね」

その晩も忙しく働いていたEさんは、深夜、病院玄関付近の暗がりに男の姿を見た。

「また何かやらかしたのかなと思って、中から手招きしたんだけど」

男ははにかむばかりで中に入って来ようとしない。

業を煮やしたEさんが外に出ようと扉に近づくと、男はその分だけスーッと遠のく。

「あれ、おかしかった、どう考えても遠近感がおかしかった」

暗がりでスーッと遠のいた男は、Eさんに向かって会釈するように頭を下げた。

そしてそのまま、背後の壁に吸い込まれるように消えてしまったそうだ。

「ああ、アイツ、私に惚れてたんだなと、なんとなくその気持ちだけ伝わってきた。きっと土壇場《どたんば》で顔を見せてくれたんだろうね」

それから今まで四十数年、様々な患者の死に直面してきたEさんだが、以後、そんな経験をしたことは一度もないという。

# その排尿へ至るまで

「この話、身内の恥を晒《さら》すようで今まで誰にも話したことが無いんですが……なんだかずっとモヤモヤしているんです、本当はどうだったんだろうって……」

そう前置きして、Yさんが語ってくれたのは、今から十年前、彼女が高校生だった頃に起こった、なんとも妙なできごとについてである。

「その日は日曜日で、私は家でゴロゴロしていました。両親も家に居て、中学生の弟だけが朝から友達と遊びに行くとかで、外出していたんです」

Y家は、家族関係も良好で、それまで特に問題が起きたこともない、ごく平和な一家。ポカポカ陽気の日曜日に、彼女は部屋でくつろぎ、母親は家の掃除、父親は日曜大工。

本来であれば、そのまま何事もなく昼食を摂り、夜には家族揃って外食にでも、といった、ありふれた休日になるはずだった。

「だから青天の霹靂《へきれき》とでも言うんでしょうか、最初は何が起こったのかわからなかったんです、まぁ結局、今もそれは同じなんですけれど……」

間もなく正午になろうという頃だった。

階下から、何やら騒がしい声が聞こえてきたため、Yさんは驚いて部屋を出た。

階段を降り始めると、その時点で既にピリピリとした空気を感じる。

どうやら、声は玄関から聞こえてくるようだ。

恐る恐るそちらをのぞき込むと、見知らぬ若い男女が立っていた。

彼らは、Yさんの両親を相手に何やら感情的になっている様子。

そしてその傍らには、項垂《うなだ》れた様子の弟の姿。

「弟が何かしてしまったようだということは見てわかりました」

――普通じゃないですよ！　お宅の息子は変態です！

ものすごい剣幕でそう怒鳴ってるのは、若い女性の方。

相方と思われる男性は、そんな彼女を宥《なだ》めている。

「私、あんなに怒っている人を見たことがなかったので、本当に文字通り立ち竦んでしまいました。弟は、とんでもないことを、やってしまったんじゃないかって」

Yさんの両親は何度も頭を下げ、平謝りを繰り返している。

――このまま警察に行ったっていいんですよ！　どうしますか！

若い女性がそう言うと、Yさんの母親が「それだけはどうか」と、土下座の体制。

父親も「本当に申し訳ございません！　状況を確認させて頂ければ、直ぐに対処致しますので」とそれに続く。

「変態？　警察？　そういう方向の犯罪？　うわぁって……」

きっと大変なことを、弟はしでかしたのである。

――人の家に勝手に上がり込んで、タンスにオシッコするなんて！　犯罪ですよ！

……は？

タンス？

オシッコ？

それは、確かにとんでもない、しかしトンデモなさ過ぎてまったく意味がわからない。

弟は俯いたまま、両親は顔を青くして悲鳴をあげるように謝っている。

「それでそのまま、弟を含めた五人でどこかへ行ってしまったんです」

一人取り残されたYさんは、なんとも言えない気持ちで、家族の帰りを待った。

弟と両親が帰って来たのは、それから小一時間が過ぎてから。

「無言のまま、弟は部屋に籠りました。両親はすっかり参ってしまっていて……」


その晩、本来なら素敵なレストランで外食をしていたであろう時間、Y家の面々は神妙な面持ちで家族会議を開いていた。

昼間にやって来た男女は、つい先日結婚したばかりの夫婦で、Yさん宅から十数分程歩いた場所にある一戸建てを借り、暮らし始めたばかりなのだそうだ。

弟はその日の昼、彼らの家の開いていた窓から中に忍び込むと、若妻の下着などが入っているタンスを開け、その中に放尿をした。

特筆すべきは、若夫婦が家を留守にしていたわけではないということ。

当然、直ぐに現場を発見され夫婦に取り押さえられた弟は、このまま警察に行くか、それとも自宅の住所を喋るか、の二択を迫られた結果、昼間のできごとに至った。

家族会議の議題は「なぜそのようなことをしでかしたのか」という過酷なもの。

内容が内容だけに、Yさんからしてみればその場にいることすら気まずい。

「そういう、性癖っていうんですかね？　そういったことに踏み込むような内容を、いくら弟のこととはいえ、高校生の娘も交えて話し合うっていうのは、どうなんだと……ただ、父には別の考えがあったようで……」

彼女の父は、あまりに道理の通らない息子の犯行に疑問を持ち、彼がなんらかのイジメにあっているのではないかと考えていたようだ。

「なので、弟の行為は、学校の同級生とか先輩とか、そういう人達に強要されたものなのではないかと、父は疑っていたようです。私はその前の年まで弟と同じ中学に通っていたので、参考人みたいな立場を求められていたというか……」

息子のために最低限の尊厳を守ってやるべく、父親が必死で考えたであろうそのロジックは、残念なことに息子本人の発言によって直ぐに否定された。

「弟は、何故オシッコをしていたのかはわからない、ただ、例の若夫婦の子供を助けようとしたのだと言ったんです」

だが、その弟の発言もまた、明らかにおかしいものだった。

「あの夫婦には、まだ子供がいなかったそうで……有り得ないんですよ」

両親は頭を抱え、本当のことを言うようにと弟に迫った。

「どうしてそんなことをしたのか、それを明らかにした上で、しっかりと謝りに行くことが示談の条件だったんです、なのでまさか『お宅の子供さんを助けようとして』なんて言えないわけですよ」

しかし弟は、頑なに同じ発言を繰り返した。

「三、四歳ぐらいの、小さな子供だったらしいです。弟が昼食を食べに家に帰って来ようとした途中で声をかけられて、しつこくまとわりついて来たために、どこの子供か訊ねると、例の若夫婦の家を指差したと」

声をかけられたのは車も通る道である、幼い子供が一人でうろついていては危ないと、弟は子供を伴ってその家へ向かった。

「そして気付いたら何故かオシッコをしていたと、そう言うんです」

何から何までわけがわからない、言い訳にしても、もう少し上手い言いようがあるようなものだが、弟は真剣な顔でそう主張した。

「結局、その主張は却下されました。父親が考えた反省文を弟が直筆で書き直して、それを持ってただひたすら謝るという形で、騒動は決着したんです。タンスの弁償と、慰謝料としていくらか包んだようでしたから、そっちが決め手だったのかも知れません」

親としては苦肉の策だったが、自分がしでかしたこととはいえ、弟にとっては不満が残ったようだとYさんは言う。

「結局、刑事事件にもならず、対外的に弟の行為が公表されるようなことはありませんでしたが、あの一件以来、家族間に微妙な空気が流れ出したのは事実です。ただですね、これですべてが終わったわけではなかったんですよ」


それから一週間程後になって、例の若夫婦が揃ってY家にやってきた。

「夫婦の家で、またもや同じことが起こったんだそうです」

今度の犯人は、近隣に住む五十代の男。

成人した男性であることから、今度は問答無用で警察を呼んだらしい。

「その男が、どうやら弟と同じことを言ったようで」

男は「付近で迷子になっていた小さな子供を送り届けようとして、この家の敷地には入ったが、決してやましい気持ちはなかった、なぜタンスに小便をしていたのかは、わからない」という供述をしたものの、そんな主張が認められるわけもなく、現行犯逮捕された。

「それで、夫婦は、弟の場合はどうだったのかを執拗に訊いてきました。その『小さい子供』に関して、弟も何か言っていなかったか？　と」

もちろん言っていたが、それを言うと状況が拗《こじ》れると判断した父親によって、その発言はもみ消されており、若夫婦には伝わっていない。

こっそりと状況を盗み聞きしていたYさんは、それを聞いて疑問に思った。

「おかしいですよね？　まぁ、普通は有り得ないような事件が続いたわけですし、その関連性を詮索したくなる気持ちもわかりますが、それにしたって、その男と弟の関係とか、そういったことに関して疑いの目を向けるならまだしも、普通なら一蹴されるような『小さな子供』に関しての弁明を確認しようとするんですから」

Y家の父は「息子がしでかしたことに関しては、何があろうと息子の責任であり、家族として今後しっかり教育していくつもりでいる」と前置きした上で「荒唐無稽な話であったため伝えてはいなかったが、確かにまったく同じことを言っていた」と夫婦に語った。

驚いた様子の夫婦は、弟に直接会った上で、その子供の背格好や顔つきなど、詳しい話を聞かせてもらいたいと訴えたが、Y家の父によって阻まれた。

「父は、既に示談になっている状況であることを確認した上で、なぜそこまでその子供に拘るのか、理由を教えてもらえなければ弟に会わせることはできないと言いました」

確かに、実際には存在しないはずの子供の話である。

そもそも、その子供に「出会ったこと」と「タンスに排尿していた」ことは、弟と逮捕された男双方の弁明から考えて、直接の因果関係は認められない。

二人は、あくまで「子供を家に連れてはいったが、なぜタンスに排尿していたかはわからない」と話しているのだから。

「それで二人は結局、理由を述べるよりも引き下がることを選びました」

父親の判断により、夫婦が家に訪れたことは、弟には伏せられたという。

以上が、この事件の結末である。

「モヤモヤすることばっかりなんです。確実なのは、弟が人様の家のタンスにオシッコをしたということだけ。それは弟も認めているので嘘はないと思います。ただ、一体どうしてそんなことを？　と考えた時に、不可解なことが多すぎるんですね。私は姉ですから、何か不可抗力のような形で弟がそんなことをしたんだと思いたいのかも知れません。ただそれにしても、あまりにもわけがわからなすぎて……お化けのせいにでも、できればいいんですけどね……」

# 彼が見た幽霊とその解釈

「その日はいくらか酒が入ってたけど、酔うまではいってなかったと思う」

「どの程度?」

「ビールをジョッキで二杯とか、そんなもんかな」

「で、帰ることになったのが?」

「二十三時頃、運転代行を頼もうとしたんだけど、ずいぶん混み合ってるって言うんで、車は駐車場に置かせてもらって、タクシーで帰ることにした」

「なるほど」

「それで、タクシーを拾うために、店を出てから大通りに向かって歩いて」

「周囲にひと気はなかった?」

「いや、多くはないけれど普通にあった、女の子とかも歩いてた」

「では、他の人もソレを見ていた可能性があると？」

「あるかも知れないけど、アレがそういうものだと気付いたかな」

「そこまで違和感はなかった？」

「多少フラついていたぐらいで、後ろ姿は普通に人だった」

「フラフラしてたんですか？」

「してたね、酔っぱらっているのかなと思うぐらいには」

「どんな感じで？　右に行ったり左に行ったりみたいな？」

「うーん、どうなんだろう、フラフラっていうよりも、フワフワなのかなぁ、何か体重がなさそうな感じで、軽やかな感じ、うんフワフワだな」

「浮いてたとかいうわけじゃないんですよね？　フワフワ」

「浮いてたとしたら、さすがに俺もその時点で気付くわ」

「地面に足は着いてた？」

「まぁ不自然に感じない程度には着いてたんじゃないの」

「そうですか……」

「ずいぶん根掘り葉掘り聞くんだな、もっと大枠だけ喋ればいいのかと思ってた」

「いや、スミマセン、これを文章に起こす際に『目の前の人が突然消えた』ってだけだと、なんともならないんで」

「ああ、細かい描写とかで水増しするってことか」

「水増しっていうか……『ただそれを見た』っていう類の話だと、文章化し難いんですよ、一行か二行で終わっちゃうし、読んでくれる人も何が何やらわからないだろうし」

「かと言って、幽霊そのものじゃなく俺の感想聞いても仕方なくない？　現象そのものを客観的に書くならまだしも、俺の主観に基づいた俺の語りになるってことでしょ？」

「結果的にそれを書くしかないのかなっていうのが、今のところ俺の考えです」

「ふーん、何か詐欺っぽくない？　そういうもんなの？」

「因果がハッキリしている祟りみたいな話ならまだしも、単純に『こういうもの見た』ってだけのケースで、見たモノについてだけ話を伺うのは、俺としては何か微妙なんですよね、もったいないような気がして」

「まぁ、目撃が複数あるとかじゃなければ調べようもないしね」

「そうですね、だからケースによるんですけれど『客観的な怪異』と『主観的な怪異』っていう区別はあるんだろうなと思うんです、どっちが良いか悪いかじゃなくて」

「ほうほう」

「それが、なんらかの物理現象を伴ったりとか、不特定多数に観測されたものであれば、どこかから因果を引っ張り込んできて説明付けるみたいなことができるんだと思うんですけど、今回の場合は、単発ですし、続報もないわけで……」

「主観的な怪異と判断するしかないってことか」

「そういうことです、だからまぁ、その時点でどういう精神状態だったかとか、健康状態はどうだとか、人生観とか、悩みとか、そういうところを聞いて、体験者と体験そのものを混ぜて……」

「誤魔化すと」

「人聞きの悪いこと言わないで下さいよ、単に『そういうもの』と言うだけで、客観的な怪異と比べても純性は損なわれてないハズです」

「愛は心の仕事ですみたいなモン？」

「文字通りの意味ならそうですね、そのものに実体はないわけですから」

「ふーん、だったら俺は『客観的な怪異』の方が好きだわ」

「スミマセン、俺は『主観的な怪異』の方が得意です」

「あっそ、まぁいいや」

「それで、話の続きをお願いしたいんですけど……」

「アンタがどう判断しようが、俺は見たままのことしか言えないよ？」

「それで構わないです、それならそれで書きようもありますし」

「そのフワフワした奴がさ、ちょうど大通りの交差点に差し掛かった辺りでビクッとしたように俺には見えたんだ」

「ビクッと？　驚いたみたいな？」

「まさしくそう、それでそのままスッと消えた」

「ビクッとして、消えた……？」

「で、俺はそのフワフワが消えたところまで行ってね、周りを確認したんだ」

「痕跡を探した？」

「それもあるけど、何にビクッとしたのかなと思って」

「ああ、なるほど」

「近くに立ってた電柱の足元に、例の如く花束が置かれてたよ」

「それはまた……スタンダードというか……」

「ホラな、どうせガッカリするだろうと思ったわ。じゃあ折角だし解釈加えてやるよ」

「解釈？　今の話を？」

「ビクッとなったように見えたっていうのが、この話のキモだわな」

「まぁ聞いたことないですね、ビクッとする幽霊って」

「でも俺にはそう見えたんだから、さっきのアンタの話によればそれでいいんだろ？」

「いいんです、もちろんいいんです」

「じゃあ何でビクッとしたのかというと、あれが幽霊だったんだとして、多分、あそこの交差点に差し掛かった時に、あの電柱の所で幽霊を見たんじゃないかと俺は思う」

「幽霊が、他の幽霊を見て驚いたと？」

「そう、花束供えられてたし、誰かが死んだってことだろそこで」

「あぁ……なるほど……」

「よく言うだろ『自分が死んだことに気付いていないから化けて出る』みたいな話、だったら幽霊は自分が幽霊だなんて思ってないんだろうから、幽霊を見ればビビるわな、自分が幽霊でも」

「…………」

「俺はあながち間違ってないと思うけどね、電柱の幽霊は俺には見えなかったけど、フワフワ幽霊には見えたかもしれないだろ、現にビクッとしてたんだし。アンタの言う通り主観で語らせてもらうと、俺の解釈はそうなる」

「ですね……でもまぁ。面白いですよ」

「だったら書いてねちゃんと、ここまで喋らせたんだから」

# ビー玉

Jさんは五十歳を目の前にしたサラリーマン、三年前に奥さんを亡くしている。

子供こそできなかったが、仲睦まじく暮らして二十数年。

つましい生活ながら、二人で支え合った日々は幸せそのものだった。

一人になってしまってからしばらくは、日常からそれまでのような彩が消え、ただただ時間をやり過ごすように生きていたそうだ。

そんなJさんが再びその目に光を灯したのは、奥さんの一周忌を終えた頃。

あるできごとがあってからだという。

「当時は、何もやる気が起きなくて。なんのために働いているのか、なんのために生きているのか、そんなことばかり考えていたような気がします」

一周忌の法要も、寺からの通知が来たから済ませたに過ぎない。

Jさんは本当のところ、法要など行いたくはなかったという。

「私も妻も一人っ子で、両親は既に他界しておりましたから、身内と呼べる人間は皆無でした。供養と言っても、私が一人で手を合わせるぐらいなもので、それがかえって自分には堪えたんです。もうこの世に一人なんだということを、身につまされてしまって」

手を合わせたところで奥さんの声が聞こえてくるわけでもない。

それはむしろ、Jさんの孤独をいっそう浮き彫りにしたに過ぎなかった。

「ああ本当に死んでしまったんだなぁと思ってしまいました。一年を経てすら心の整理がついていなかったんですね。本当は死んでなんかいなくて、そのうちひょっこり現れるんじゃないかなんて、毎日そんなことを期待していたぐらいですから」

それが、絶対にありえないことだというのは十分わかっていた。

わかっていてなお、そんなことを考えてしまう。

「だから、一周忌の法要が終わったその日、自宅にあった妻の遺影や位牌なんかを、すべて押入れにしまったんです。なんだか強制的に、自分の心に区切りを付けなきゃいけないような気持ちにさせられたのが、嫌で嫌で」

Jさんは、どうしても奥さんの死を受け入れたくなかった。

しかし日々は、いつまでも過去に囚われるなと、彼を急き立てる。

それは、そんな日常に対するせめてもの抵抗だった。


「その日は祝日で、とても良い天気でした」

妻が生きていた頃なら、きっとこういう日は二人でどこかへ出かけただろう。

きっと、笑い合っただろう。

「ついそんなことを考えてしまっていたんです」

遺影や位牌を隠したところで、自分の心を騙すことは叶わなかった。

いくらそれを望んでも、奥さんは帰って来ないのだから。

「もう何も考えたくなくて、縁側に寝転がったまま、ずっとぼんやりしていました」

やがて、陽光に照らされながら、Jさんは眠りに落ちた。

——ココンッ

何かが床に落ちたような音が聞こえ、目が覚めた。

「ん？　と思って、顔を上げたんです」

それは寝転んだ彼に向かって、縁側の奥からコロコロと転がって来る。

一番日当たりのいい場所に置かれたポトスの鉢植え。

水栽培をしていたそれには、あふれんばかりにビー玉が詰まっていた。

「妻が大事にしていたポトスでした。亡くなった後は私が引き継いで面倒を見ていたんですが」

どうやらそのうちのビー玉が二つ、何かの弾みで床に落ちてしまったらしい。

床のケーブルカバーを乗り越え、玄関マットをものともせず、コロコロコロコロコロ、それらは転がり――。

「私の目の前で静かに停まりました」

まるで、仲良く散歩に来ましたとでもいうような様子。

それらはJ氏の視線の先で、笑い合うようにキラキラと光った。

――同じことを考えているよ。

そんな声が聞こえた気がして、Ｊさんは家の中に視線を移す。

誰もいないリビング、静まり返ったキッチン。

それでも。

「あれ以来、なんとか持ち直すことができました」

そう言って笑うJさんの手には、透き通ったビー玉が二つ、同じリズムで揺れていた。

# 小銭をせびられる

現在三十代のU君が小学六年生だった頃の話。

彼の家の近所には竹林が広がっていて、その端に細い小道があった。

「大きな石がゴロゴロあって、いつもジメジメしていて、薄暗くて。ただ通れるから通っていただけで、道とも言えない道だったたっすね」

大人が生活に使用するような道ではなく、転んでも汚れても構わない、小回りの利く子供達だけが通れる場所とでも言おうか。

「そこを通ると、俺ん家《ち》から公園までショートカットできたんすよ。広い道を通るよりも大分早く着くから、公園で遊ぶときは必ずそこを通り抜けてました」

夏の雨上がり、蒸し暑い放課後。

この日、U君は小さなカバンに小型のゲーム機を忍ばせ、竹林の小道を急いでいた。

「皆で集まって公園でゲームをする約束をしていて、俺が言い出したことだったんで、早めに着いておきたくて」

雨水でぬかるんだ地面を避け、濡れた石で滑らないように気を付けながら、彼は一人、公園を目指す。

「状態が良ければ十分もかからずに抜けられんですけど、その日はゲーム機を持ってたこともあって、転ばないように慎重に進んでたんで、いつもより時間がかかってました」

足元ばかり気を付けていたU君だったが、ふとした拍子に顔をあげたところ、これから自分が通るルートの先に、人影を見た。

背格好から判断するに、子供ではない。

しかし普通の大人が、平日にこんな場所をうろつくだろうか？

そうは思ったが、約束の時間は迫っている。

「ちょっと怖かったですけど、今更引き返すわけにもいかないんで、無視して突っ切ろうと」

近づいてみると、長く髭《ひげ》を伸ばした老人のようだ。

何をするでもなく道の傍らに腰かけ、U君の方を見ている。

「ただの布みたいなのを体に巻いていて、それがずいぶん小汚かったのを覚えてますね、髪も髭も伸び放題って感じで、清潔感はまったくなくて」

すれ違う前、老人となんとなく目があってしまったU君は、無意識に生来の人懐こさを発揮して「こんにちはー」と頭を下げたらしい。

「そしたら嬉しそうに笑って、手を広げながら立ち上がったんです」

ちょうど道を塞がれるような格好になってしまい、行く手を阻まれたU君が老人の前で立ち止まると、土の濃いような臭いが漂ってきた。

「うわって、思いましたが、ニコニコしているし危害を加えてくる感じではなかったんですよ。それでその人、何も喋らずに、こう『どうぞどうぞ』みたいな感じのジェスチャーをしてきて」

老人が「どうぞ」を向ける方向をなんとなく察して、U君はその足元に目をやる。

「溜枡《ためます》って言うんですかね、側溝の水が溜まり込むように四角くなっていて、そこには、なぜか一円玉と五円玉が捨てられているんで、前から気になってはいたんです」

なんだろう？　この小銭を持って行けとでも言うのだろうか？

雨が降った後で側溝に流れる水は澄んでいたが、わざわざ中に手を突っ込むのは気が引けた。そもそも一円玉や五円玉など欲しくない。

「えーってなりながら、どうにか横をすり抜けられないかと様子を窺って」

しかし、そんなU君の心を読んだかのように、老人の顔が曇りはじめる。

その様子は、小学生のU君から見ても子供じみており、話の通じない頑《かたく》なさが伝わってくるようだった。

「こっちも急いでるんで、仕方ないから小銭を取ることにして」

軽く会釈をして、溜枡に手を伸ばそうとしたU君に向けて老人は首を振った。

その顔は更に曇り、当初の笑みは消え失せている。

「それで、あっ！　っと思ったんすよ。この爺さん、金をくれようとしているんじゃなくて、俺に小銭を投げ入れさせようとしているんじゃないかって」

U君は自分の胸につけていた名札の中に、十円玉が入っていることを思い出した。

何かの際に公衆電話を使えるように、彼の母親が仕込んでいたものだ。

「俺はその十円玉を取り出して、爺さんの顔色を窺いながら溜枡に投げたんです」

すると老人は破顔し、嬉しそうな様子で溜枡を覗き込んだ。

——今だ！

その背後を通り抜け、公園に向かい駆け出したU君だったが、恐怖心故か一旦立ち止まって後ろを確認したのだという。

「そしたらさっきの爺さんがいないんですよ、今思えば、俺はなんとなくそれがわかってて振り返ったような気もすんですよね、明らかにおかしかったし」

それ以降、U君はその道を使わなくなった。

「もうあの爺さんに出くわしたくなかったってのが一番っすね、そうこうしているうちに中学にあがっちゃったんで、公園で遊ぶなんてこともなくなって」

後年、成人してから、一度だけあの竹林を訪れたことがあるそうだ。

「びっくりするぐらい当時と変わってませんでした、十年近く経ってたのに」

その際に一つ、気付いたことがあるとのこと。

「俺が十円玉を投げ込んだ溜枡の上の方に、石で出来た五十センチぐらいの、小さな祠《ほこら》みたいなのが建ってました。ちょっと奥まった所にあったんで、子供の身長では見えなかったんでしょうね」

草に覆われ、苔むしたこの祠にも何かが祀られているのだろうか？

足元を見やると、溜枡には相変わらず少額の貨幣ばかりが沈んでいた。

「位置関係から言うと、これって賽銭箱の代わりになってるのかなって、ちょっとそんなことを思いました」

その竹林は、近隣にある古い土地持ちの家が所有しているものだそうで、となれば祠もまたその家の人間が管理しているのだろう。

「もしかしたら、あの爺さんって、その祠の神様かなんかで、通行料のつもりで俺に小銭をせびったのかも知れないっすね。あそこは何回も行ったりきたりしてたんで、十円玉で済んだのなら良心的っすわ。多分、良い神様なんじゃないですかね」

# なんらかの関連

Rさんは、さる港町の大店の娘で、港にほど近い風光明媚な場所に実家があった。

「まぁ、それもこれも津波で全部持って行かれちゃったけどね」

とは言うものの、現在は妹夫婦が立派に家業を立て直し、被災地の復興に一役買っているという。

そんな彼女が、中高生の頃だというので、今から二十年以上前の話である。

「当時さ、金、土、日ってテレビで映画を放送してたじゃない？　あれでさ、○○っていう映画が放送されると、うちの前で必ず交通事故が起こるっていうジンクスがあったの。そうそう、うちの家庭内でだけ」

港町の目抜き通りに面した家だけあって、R家の前は昼夜ともに交通量が多かった。

しかし見通しも良く、決して事故が多発するような道路ではなかったと彼女は言う。

「そりゃ、まったくないってわけじゃないけれど、救急車が来るような事故なんて○○が放映された日を除けば殆どなかったと思うよ」

その場でスマホを用いて調べてみると、確かに彼女が中高生だった頃、○○は毎年のようにテレビ放送されていたようだ。

「九十一年だけなかったんだね、やっぱり、私の記憶と一致してるよ。二回目以降はそれに気付いて、妹とカウントしてたから」

Rさんによれば、その度に家の前に救急車がやってきたため、最終的には映画はどうでも良く、事故が起きるかどうかだけが気になっていたそうだ。

「三回目に放送された時は、だからわざと違うチャンネルにしてたんだよ。そしたら事故は起きなかった。で、その後二回はチャンネルを合わせてたせいか、やっぱり事故が起きて救急車が来たの」

彼女が中高生の頃にその映画が放送されたのは計五回。そのうち一回は実験としてあえてチャンネルを変えていたため、事故の様子を目の当たりにしたのは計四回。

「その後は、大学に進学して地元を離れちゃったからカウントはストップした。私が地元を離れて以降、気味悪がったうちの両親は、その映画が放送される日は絶対にチャンネルを合わせなかったみたい」

Rさんが実家を出てからも、その映画は何度もテレビで放送されている。

しかし、ご両親がチャンネルを合わせなかったのが良かったのか何なのか、事故は起きなかったのだそうだ、少なくとも、テレビでの放送に合わせては。

「それでね、私さ、○○を実家のテレビにビデオで流したらどうなるんだろうって、ある時ふと思ったんだよね」

そして、彼女はそれを実行した。

「実家に帰省した時に、レンタルビデオ屋で借りてきた○○のビデオを再生してみたの、家のテレビで」

わざわざ借りてきたビデオテープを再生しておきながら、Rさんはテレビそっちのけで家から見える道路を注視していた。

「結局、その時に交通事故は起きなかったんだ。やっぱりテレビ局で放送したものじゃないとダメなのかなって、思ってたんだけど」

エンドロールが始まり、間もなく映画が終わろうというタイミングで、突然外から

「あぁぁぁぁぁぁッ」という悲鳴が聞こえた。

驚いて窓際に駆け寄り、声のした港の方に目を向けると、若そうな男性が足を押さえて地面に転がり呻いている。

周囲には次々に人が集まり、それから間もなくして救急車がやってきた。

「後から聞いた話なんだけど、その男の人は、船をもやっていた太い綱が、ちょうど輪っかになってた所に足を入れてたらしく、何かの拍子で船が綱を引っ張った時に、そのまま足を巻き込まれて、足首から下が切断されちゃったんだって」

交通事故は起きなかったが、それと同等以上の労災事故は起こった。

彼女の実家の前で、○○がエンディングを迎えたタイミングで、である。

「だから私、思ったんだよね。これって、私の家の前で交通事故が起こるっていうことと同期してたんじゃなくって、救急車がやって来るっていう事態に同期してたんじゃないかしらって、それならしっくり来るでしょ?」

それ以降、津波が来るまでの間、彼女の実家において、どんな形であっても○○をテレビで流すことは御法度となった。

「何年か前、土地を変えて新築した実家で、試しに〇〇のＤＶＤを再生してみたんだけど何も起こらなかったよ。やっぱり元実家の場所になんらかの関連があったんだろうなと、思ってるんだけどね」

# 呼ばれたのかな

「俺、自分で言うのもなんですけど、子供の頃は大分嘘つきだったんですよ」

O君は、もともと見栄っ張りな性格なのだと自分を評した。

「うちの実家は平屋建てなんですが、友達の家は殆ど全部二階建ての家だったんで、負けじと嘘をついたんですよね、うちも二階建てだって。それを同級生が皆で確認にきて、あの時は恥ずかしかったな、小学校低学年の頃のできごとですけど、今でも覚えてます」

それでヤケクソになったのか、彼はその後も、開き直ったように嘘をつき続けた。

ある時は道を走っている高級車を自分の家の車だと言い。

またある時はテレビに映っている芸能人を親戚だと語り。

行ったこともない外国について、さも詳しそうに気取ったりもした。

「だから、まぁ先生も含めて、俺の言うことを真に受ける人間なんていなかったですね。でもそれで良かったんです」

最初のうちは自分を大きく見せるために嘘をついていたが、その嘘を誰も信じなくなり、やがて嘘つきがアダ名となった頃、O君は人を楽しませる嘘というものに気付いた。

「嘘に開眼したっていう感じですかね。どうせ誰も信じないんだから、だったらせめて突拍子もない嘘をついて、周りに笑ってもらった方がいいやと」

実際、彼の嘘は周囲の笑いを誘った。

「うちの庭には戦隊ロボットの基地があるとか、台風の日に晴れだと言い張ったりとか、昨日の夜はアメリカにいたとか、それを言うタイミングさえ間違わなければ確実に笑いを取れるんですよ、まぁ、もはや嘘つきっていうよりはボケ役みたいな感じです」

気を良くした彼は、嘘という名のボケを連発し続け、学年が上がるにつれてクラスの人気者へと成りあがっていく。

そんな中、特にクラスメイトに好まれる嘘があったという。

「お化けに関する話です。どこどこで人が死んだとか、あそこにはこういう霊がいるとか、適当にでっち上げて喋るんですけど、滅茶苦茶反応イイんですよ」

O君のことを嘘つきと罵り、毛嫌いしていた一部の女子グループですら、彼の話す嘘の幽霊情報を本気で怖がっていたそうだ。

「笑いを取るのとは違う快感があるんですよ、例えば『学校の図書室に夕方の何時に行くと全然知らないおばさんがいて、そのおばさんに名前を呼ばれると別な世界に連れて行かれてしまう』っていう噂が市内の別な小学校で流行っているという嘘を付いた上で、更に数日後『そのおばさんが別な小学校に移動したらしいけど、それがどこかはわからない』って嘘を追加すると、みんな怖がって放課後に図書室へ行かなくなるんです。もしうちの学校に来たらって思ったんでしょうね」

すっかりその魅力に取りつかれてしまったO君は、しかしある頃から、行ってはいけない方向へ舵を切ってしまう。

「本当に霊が見えるって、霊能者を気取り始めてしまったんです。もちろん嘘ですけど、なぜかこの方向だけは皆信じたんですよ。嘘つきって言われることは慣れてましたけど、今度はすっかり信じ込まれちゃったんで、だんだん収拾がつかなくなって……」

ある日「O君と幽霊を見に行こうツアー」的な催しが開催されることになった。

もちろん主催は彼ではなく、彼を担ぎ上げていたクラスメート数人が企画したものだ。

「いや、参りましたよね、俺はそんなこと一言も言ってないのに、いつの間にか、ガチで幽霊を見せることができる、みたいな、そんな能力があることになってたんです」

引くに引けない状況に陥ったO君は、その日、学校が終わると、十数名のクラスメートを引き連れて学区内をウロウロし始めた。

「あてなんかないですから、どっかそれっぽい所があれば、その辺を適当に指差して終わりにしようと思ってました」

たどり着いた先は、学区の外れにある雑木林。

昼間でも薄暗く、夕方ともなればいかにも何か出そうな雰囲気を醸し出す場所だった。

「なんでそこになったのか、実はよく覚えていないんですよ、自然と足が向いて、気が付いたら皆といたんです」

ああ、いるよ、あそこ、ホラ。

そう言って、O君が林の中を指さす。

その指の先を、凝視するクラスメイト達。

――ヤベッ
そう誰かが言って、急に走り出した。

すると、その場にいた全員が、口々に悲鳴をあげてそれに続く。

O君が指さす先、闇に包まれた林の中に、本当に何かが見えた。

「周りの暗さと違う暗さの何かが、こうやって、こう、ボクサーの身のこなしみたいな動きをしてたんですよ」

遅れて気付いたO君も大声をあげて駆け出す。

そのまま、三々五々、それぞれが散らばるように家に帰った、翌日。

「もう大問題ですよ、前日の一件が原因で学校休んだ女の子が二人いて、俺は何故か悪者になってるし、親は学校に呼ばれるしで」

実は、女の子が休んだこと以外に、もう一つ大きな問題があった。

「俺も知らなかったんですけど、その雑木林って、何年も前に本当に死体遺棄があった現場だったらしいんです。どうやら、それを知っていての犯行だと思われたのが一番ダメだったみたいですね、冗談にもならねぇって」

大目玉を喰ったO君は、その後、霊能者気取りをやめた。

「ただねぇ俺、次の年の夏、中一の時に、毎日近所の寺で座禅することを親に義務付けられたんですよ、そのやらかしが原因で……ホント毎日、アホみたいに。それでどうやら、その様子を見てた同級生がいたみたいで『Oは寺で修行してる』っていう、変な噂が立って」

当時の同級生と会うと、未だに「本物」扱いをされるそうだ。

「なんだったんですかね、アレ。何かチャンネルが合っちゃったんですかね。あるいは集団催眠みたいなものだったのかな……まぁ何より怖いのは、知らず知らずにそんな場所を選んじゃったってことですね、もしかしたら自分は本物だったのかもなって、あの時に限って言えばですよ」

# 未来受信能力

　E君の勤めている職場に、Jさんという四十代の女性がいた。

「もともと、ペラペラと無駄話の多い人ではあったんです。ただ仕事はものすごくできる人でした」

　彼女の様子がおかしくなったのは、一昨年《おととし》の夏が過ぎた頃。

「独り言がすごいんですよ、周りに誰もいないのに、ブツブツブツブツ言ってて……なのにこっちから声をかけると何事もなかったかのように対応してくるので、そのギャップがキツイっていうか」

　春先の年度替わりで責任あるポジションについたため、ストレスが原因でそうなってしまったのではないかと職場では噂されていた。

「でもやっぱり仕事はできるんです。上の人達もJさんの異変に気付いてはいたようなんですが、仕事ができている上に、本人からなんの訴えもないからって、放置していたんです」

ある日、E君はJさんの独り言から、気になる文言を拾ってしまった。

「聞こうなんてつもりはなかったんですけど、聞こえてしまったんですね」

――Tさんが事故だって、あとH課長の娘さんは大変ねぇ。

そんな言葉を、Jさんは呟いていたとE君は言う。

「Tさんも、H課長も、実際に職場にいる人物なんです。それなのに名指しで縁起でもないことを言っているので、これはいよいよマズイんじゃないかって」

その矢先、Tさんが交通事故に遭い、首に頚椎《けいつい》カラーを巻いて出勤してきた。

次いでH課長が職場に来なくなった。

「娘さんが自殺未遂をしたらしいって話で……課長自体は数日で職場復帰したんですが、すっかりやつれてて……」

そうなると気になるのはJさんの独り言。

まるで先のできごとを予言でもしたような形になったため、E君は戦慄した。

「実は俺だけじゃなく、他にも数人、職場の仲間がJさんの予言めいた独り言に気付いていたんです。大っぴらにできるようなことでもないんで、その人たちと打ち合わせた結果、知らないフリをしておこうって」

Jさんの独り言は、その後も続いた。

大半が、何を言っているのか意味を測りかねるような内容だったが、その中に時々、職場に関する言葉が紛れ込むことがあった。

「悪いことばかりではないんです、誰々のおみやげが美味しいとか、誰々が表彰されるとか、そんなことも呟いていました」

そして、やはり実際にその通りのできごとが起きた。

やがてJさんは、誰が見ても明らかにおかしいというレベルになっていく。

「黙っている時間がないんです、食事の時も会議の時も、声の大小はあるにせよ何かずっと呟いていて。ホラ、よく電波系とかいうじゃないですか？　まさしくアレですよ、まるで壊れたラジオみたいに、受信した何かを喋り続けるっていう」

ただ、それでも人並み以上に仕事はできた。

「営業職だったら完全にアウトだったと思います。でもJさんは内勤で事務方のエースだったんで、ブツブツ言ってても滞りなく仕事ができている以上、やっぱり会社的には問題ないっていう判断だったようです。それに、コミュニケーションが取れないってこともなくて、最初にも言いましたけれど、人と話す時は、ほんと何事もなかったかのように受け答えするんですよ」

ただし、彼女の独り言に関しては、職場の誰もが直言を控えた。

「下手なこと言うと彼女が崩れてしまいそうで、僕も黙ってました」

その年の師走《しわす》に入った頃、E君は同僚の一人から嫌なことを告げられた。

「彼は、さっき言った『Jさんの予言』に気付いた一人だったんですが……」

——E君は火の車で大変だ、結局刺されてしまった。

そんなことをJさんが呟いていたと、同僚は言い難そうにE君へ伝えてきた。

「火の車ってなんだよと。俺その時、仮想通貨で爆益を出してたんで」

しかし、刺されるという文言がどうも気になった。

「仮に考えて、もし近々仮想通貨が暴落するのだとして……俺、友人を一人、巻き込んでたんですね、絶対に利益出るからって言って……」

これまでのこともある、まだまだ伸びそうな投機対象を手放すのは惜しかったが、E君は手持ちの仮想通貨をすべて売却したのだそうだ。

「で、結果的にそれで大正解」

彼の保有していた仮想通貨は、その後暴落し、現在に至っても当時の水準までは程遠い状態であるという。

「その友人が『もしあそこで売ってなかったら、俺は今頃お前を刺してたかもしれない』って、冗談めかして言ったことがあるんですけど、笑えなかったですね」

Jさんは昨年の年度末、とうとう職場をリタイアした。

仮想通貨の一件以来、彼女の独り言ウオッチャーになっていたE君は、職場を去る寸前のJさんについて、以下のように語った。

「それまでは色んな事柄を呟いていたんですが、ある時から『私は終わった私は終わった』って、それだけになったんです……傍から見ても、完全にヤバい状態だったし、呟いている内容が内容だったんで、とうとう会社が動きました。あれがJさんの精一杯のSOSだったのなら良いんですけれど……もし自分の未来を指して言っていたのであれば、可哀相ですけど、きっと……」

# 走る子供と主婦たち

今から十年以上前の話。

専業主婦のEさんは夫の転勤によって、東北から関東へ引っ越した。

「初めての転勤でしたし、仕方のないこととはいえ、やっぱり不安はありましたね」

しかし住んでみれば便利そのもの。社宅の人間関係も思っていたより面倒ではなさそうで、彼女は胸を撫で下ろした。

「ちょうど一人息子が小学校にあがるタイミングだったので、残る心配事はそれぐらいでした」

ある日、近所のスーパーで買い物をしていると、見知らぬ女性たちに声をかけられた。

彼女らは、社宅の近所に住んでいる主婦だといい、どういうつもりなのか、Eさんの素性を探るように根掘り葉掘り質問をしてくる。

「ちょっと厄介な人達に絡まれたなとは思ったんですが、彼女達の子供とうちの息子が同じ小学校に通うことになるらしいとわかったので、腰を低く対応したんです」

その甲斐あってか、どうやらEさんは彼女らのお眼鏡に適《かな》ったらしい。

——ちょっとそこまでご一緒してもらっていいかしら？

と誘われ、買い物袋を手に下げたまま、ゾロゾロと連れ立って歩くことになった。

「それで、子供が通うことになる小学校が見下ろせる場所へ連れて行かれたんです」

ゆるくカーブのかかった、ちょっと小高い坂道から、Eさんはそれを見た。

「屋上で、帽子を被った男の子が一人、おーいおーいって言いながら走り回っていました。どうしたんだろうと思いつつ眺めていたんですが、その彼が物陰に消えたと思ったら、殆ど間を置かずして、中の廊下を走っていくのが見えたんです」

少年は四階の廊下を右から左へ走ると、今度は三階の廊下を右から左へ、更に二回の廊下を同じように駆け抜けた後で、Eさんの視界から消えた。

「普通は右から左へ行ったら、階段を降りて、次は左から右へ行きますよね？　学校の校舎ってそういう造りになっているじゃないですか？　それが、どういうわけか全部の階で、まるでワープでもしたかのように、右から左へだけ移動していたんです」

西日の差す校舎の中で、その光景はどこか幻想的ですらあったが、どう考えても理屈に合わない。

すると、Ｅさんをそこまで案内した主婦の一人が「今見たことは、絶対にここだけの秘密にして下さい。もし誰かに話したら、それが誰の仕業なのかすぐにわかりますからね」と、Ｅさんに対し念を押すように言った。

「そもそも誰かに吹聴するようなことでもないですよね？　それにそこまで言うんだったら、どうして見ず知らずの私にあんなものを見せたのか……見せた上で誰にも喋るなっていうのはおかしくないですか？」


その後、彼女の息子は、その小学校へ四年生まで通った。

あの時の主婦たちとは、その後もＰＴＡの活動などで何度か顔を合わせたが、軽く会釈をする程度の間柄にしかならなかったそうだ。

「息子が五年生になる前に夫の転勤が決まったので、そのまま街を離れてそれっきりです。今となっては、もう一昔前の出来事ですし、こうして喋ることに問題は感じません。

ただ、あれは実際にあったことだったのかどうか、少し曖昧になってきているんです」

その光景が、普通に考えて現実離れしていたこと、そして例の主婦たちの言動、この二つになんら合理的な説明をつけられないことが、Eさんの混乱の原因となっている。

「私はあの日、帽子を被った男の子が校舎を走っている姿を確かに見ているハズなんです。ですがあれ以来、同じ時間に同じ場所へ行っても、あの子供を見ることはできませんでした。それにあの日以降、彼女達と会っても、まるで何事もなかったかのように会釈しあうだけで、その件について話した記憶もありません。そのせいか、本当にそれを見ているのにもかかわらず、まるであれが夢でもあったかのように思えてしまうんです」

男の子が一体何者で、件の主婦たちはどうしてEさんにそれを見せたのか、まったく理解が及ばない出来事であったため、その不可解な現実を疑問に思うよりも、自分自身の記憶を疑うようになってしまっている現状が、とても気持ち悪いのだと、Eさんは嘆いた。

# 立ち腐れ

彼女を最初に見かけたのは、大学に入学した直後のことでした。

ただキャンパスを歩いていただけなのですが、男だけでなく女の人までがすれ違いざまに振り返っていたと言えば、どれだけの美貌だったのかおわかり頂けると思います。

僕なんかはすっかり見惚れてしまって、この娘はきっと心まで清らかな、それこそ女神のような女性なんだろうなと直感しました、誇張でもなんでもなく。

きっと一生、僕のような人間には縁のない人なんだろうと思っていたんですが、たまたま同期で学科も一緒、オリエンテーションの際に近くに座れた時は、興奮を抑えるために拳を握りしめたほどでした。

ただ、そこに居るだけで目立つような娘でしたから、近いうちに他の同期か、先輩にでも声をかけられて、いいようにされてしまうのは間違いないように思われ、それを考えただけで、僕はいてもたってもいられなくなったんです。

オリエンテーションの直後に声をかけました、どうせなら思い切り嫌われでもしたほうが楽なんじゃないかって、密かに好意を抱き続けるよりも、気持ち悪いと嫌われて、あからさまに遠ざけられた方が諦めもつくと、そんな後ろ向きな気持ちで。

突然、見知らぬ男に付き合って欲しいと言われたにもかかわらず、彼女は朗らかに笑って、僕に名前を訊ねました。

無視されるか、いいとこ軽くあしらわれる程度だろうと思っていた僕には予想だにしない展開だったので、しどろもどろで名前を言ったのを覚えています。

一体何が良かったのか、僕はそのまま彼女と付き合うことになったんです。

夢のような日々でした、何がどうということを言うつもりはありませんけれど、しいて一つだけ挙げれば、彼女と一緒にいるだけで僕の位があがったような気持ちになれたことでしょうか。

誰しもが羨むような娘と、僕のような人間が恋人として付き合っているわけですから、周囲はとても驚きました。その結果、僕に集まってくる妬《ねた》みも嫉《そね》みも、あの頃はただただ心地よかった。そもそも僕は他人に嫉妬されるような人間ではないので、僕がその対象になれたのはすべて、彼女の存在あってこそだったんです。

彼女と付き合ってわかったことは、彼女も人並みに悩んだり立ち止まったりするということでした。容姿端麗、文武両道、実家は資産家、それでも控えめな彼女の立ち振る舞いは、ともすれば他人への皮肉ともとられ、同年代の女の子から辛く当たられることも多かったようです。

それで僕は、ああなるほどと気付いたんです。彼女が僕なんかを恋人に選んだのは、そういった女の子たちからの嫉妬をかわす目的があってのことだったんだと。

もしも彼女が、誰しもが認めるハイスペックな男と付き合いでもしたら、彼女に向けられる同性からの視線は、きっと更に厳しいものになっていたでしょう。

ただ、僕のような人間と付き合っている限りは、彼女はそう言った意味での憎悪の対象として位置づけられることはなくなります。

ああ、勘違いしないでくださいね、それに気付いて、僕は安心したんです。

つまり、僕なんかでも、彼女の力になれているということでしょう？　彼女がもし、気まぐれや哀れみでぼくを選んだのだとしたら、その方が僕にとっては辛いことでした。

でも、どうあれ僕が彼女の役に立てているのであれば、少なくとも僕たちの関係には意味があったということですから、それで十分でした。

のろけ話はこのぐらいにして、そろそろ本題に入りましょう。

彼女がどのようにして、虚しい存在になってしまったかについてです。

僕たちの交際はその後も順調に続きました。

僕にとって彼女の存在は、世間に僕という存在を知らしめるための矛《ほこ》であり、また彼女にとっての僕は、世間からの悪感情を防ぐための盾《たて》でした。

互恵関係にあった僕らは、それを互いの胸に秘めたまま、二十歳になりました。

ある日のこと、キャンパスの中で、彼女は人目もはばからず泣いていました。

一体何があったのか僕が訊ねると、どうやら友人とトラブルになったらしいことがわかりました。何か力になれるかもしれないと思い、詳しく話を聞こうとすると、彼女は頑なに首を振って答えようとしません。

その友人とは私も彼女を通して面識があったので、そちらに話を聞きに行きました。

すると友人は「あの娘に私の気持ちなんてわかるハズがないのに、わかった風な口をきかれたことが我慢できず、思い切り罵《ののし》ってやったのだ」と言いました。

才色を兼ね備えた彼女のような人間に対し、平凡な人間は決して自分と同じ目線を共有することを許しません。

なぜなら彼らにとって、自分がその存在よりも劣っているということが、付き合っていく上での唯一のアイデンティティになるからです。もっと言えば、目の前にいる、自分と比べて圧倒的に優れた存在よりも、自分の方が余程苦労して生きているという自負があるからこそ、彼らは最終的なところで自らの存在を否定しなくて済むのです。

同じ目線で共感などされようものなら、それは辱《はずかし》められたということと同義です。

僕は彼女の元へ行き、そのことを滔々と話して聞かせました。

そして最後に「君にとってみればツマラナイ話だろうけれど、これからは気を付けた方が良い」と言ったんです。

その時の彼女の顔を、僕は忘れることができません。

もともと真っ白な顔が、更に青白くなり、表情は消え、真っ黒な瞳は、ただただ虚空を見つめていました。

まるで、死んだ人のようでした。

彼女の様子がおかしくなったのは、それから間もなくのことです。

何を思ったのか突然「幽霊がいる」と言い出し、方々を指差すようになりました。

最初のうちは冗談だと思い、僕も適当に話を合わせていたんです。

しかし彼女のそれはどんどんエスカレートし、幽霊がいるからという理由でわざわざ遠回りをしたり、夜中に幽霊を怖がって何度も電話をしてくるようになるにつけ、僕もさすがにどうかと思うようになりました。

その日も、夜中に彼女の番号から着信がありました。

出ると、彼女の父親と名乗る人物が話しかけてきました。

急に電話をかけてすまないということ、今現在、彼女は眠っているということ、僕と彼女が付き合っているのは承知していること、そして近頃彼女の様子が明らかにおかしくなっていること。

彼女の父親は、僕に彼女の恋人として協力を求めてきました。

どうやら彼は、彼女にお祓いを受けさせたいと考えているようでした。

幽霊が見えるということは、何か悪いものにでも取り憑かれているのではないかと、彼女の父は考えたようです。

僕はそれよりも精神科だろうと思ったのですが、名家の娘として、保険の診療歴に傷がついては困るという独特の考えを述べられては黙るしかありません。

しかし、父親の考えとは裏腹に、彼女はお祓いを受けることを拒んでいるとのこと。

そのため、どうか僕に彼女を説得してくれないかと言うんです。

将来のことを考えれば、ここでポイントを稼いでおいて損はなく、正直、悪くないなと思いました。果たしてお祓いなるものが彼女に効くのかどうか、半信半疑ではありましたが、彼女の両親の信頼を得られるのなら、結果はどうあれ動いてみる価値はあると判断したんです。


説得は、あっさり成功しました。

ただし彼女から、必ず僕が同席することという条件が付きました。

彼女の両親の了解を得た上で、僕はその条件を飲みました。

お祓いは、彼女の自宅で行われることになりました。

　当日、僕は初めて彼女の家に赴きました。

大邸宅と言って差し支えないような家の一室に、何やら祭壇のようなものが作られており、僕はその異様な光景に息を飲みました。

一体どのようなことをするのか、時間はどれぐらいかかるのか、彼女の両親は何も答えず、その傍らで、彼女は例の死んだ人のような顔をして佇んでいました。

やがて、仰々しい格好の中年男性が現れると、彼女を祭壇の前に連れ出し、大きな掛け声とともにお祓いが始まったんです。

それは、一時間以上も続きました。

僕は、何にあてられたのか、そのお祓いの途中から涙が止まらなくなりました。

彼女の両親に気付かれないよう、嗚咽《おえつ》を漏らさず、肩を震わせないでいることに精いっぱいで、お祓いがどんな内容だったのか、殆ど覚えていません。

ただ、それが終わった後、彼女がもうこの世から消えてしまったということだけはわかりました。

死んだ表情の彼女の瞳には、もう何も映ってはいませんでした。

その後、彼女は二度と幽霊が云々などという話をしなくなりました。

僕に笑いかけることも、泣きながら電話をかけてくることもなくなりました。

彼女は、自分の意志を消失してしまったようでした。

食事も、トイレですら、促されなければやれないようになりました。

当然、大学は中退し、僕は彼女の両親から手切れ金を渡され、放逐されました。


あの日、初めて僕に死んだような顔を見せた日、彼女の中で何かが大きく損なわれたのではなかったでしょうか。

多分、彼女は僕のことをちゃんと好きだったんだと思います。

友人のことを、心から心配していたんだと思います。

何か、僕の言い方が悪かったせいで、彼女はあの日、精神的に大いに弱ってしまったのだろうと、今の僕には思われるのです。

幽霊が見えるなどと言っていたのは、彼女なりの、救難信号のようなものだったのかも知れません。

彼女は単に弱っていて、だけれど、それを上手く表現することができなかっただけ。

彼女へのお祓いは、ある意味では成功したのだと思います。

ただ、彼女には「祓われなければならないようなもの」など憑いてはいなかったんですよ。あのお祓いで祓われてしまったのは、悪霊でも悪魔でもなく、弱りきった彼女自身だったんです。


それから何年かして、彼女が大分年の離れた男と結婚をしたという話を聞きました。

そして一年も経たないうちに聞こえて来たのは、彼女が離婚したという話。

僕は、その時、一度だけ彼女の家の前まで行ったことがあります。

整えられた庭の端に、ゆったりとした服を着た彼女が見えました。

彼女は春の日差しの中で、ただ立っていました。

すると、お手伝いさんらしき人物がやって来て、何か確認し始めました。

「お嬢さん！　トイレはあっちですよ」と、そんな声が聞こえてきました。

彼女の体は、元気そうでした。

でもやっぱり、僕の知っている彼女はどこにもいませんでした。

# 最終報告

前著『啜リ泣キ』及び前々著『祟リ食イ』にて、それにまつわるエピソードと共に触れてきた「強烈に祟る家」に関して、全ての情報が確定したため、ご報告したい。

まず、今回の取材にあたって、多大なご協力を頂いた事情通のG氏に感謝申し上げる。

また、前二作で記してきた情報には、未確認故にいくつもの誤りがあったことが判明したため、訂正を加えながら記述させて頂くことを、読者の皆様にお許し願いたい。


その物件は、東北地方沿岸部某市のQという地区にある。

今から五十年前に、ある家族が新築した一戸建てであり、当初は特に何の問題も無い家だったようだ（『祟リ食イ』内にて、築百年超という情報を得た旨を書いたが、実際はそうではなかった）。

事態が動き出すのは、それから四十年の月日が流れてから。

その頃、家の持ち主は既に高齢となっており、七十代の夫が、同じく七十代の妻を介護しながら暮らしていたそうだ。

数年に渡る在宅での老々介護の果て、妻が息を引き取ると、それに代わるように、今度はそれまで介護を行ってきた夫の方が病に倒れ、要介護状態となる。

ほどなくして、その面倒を見るため、遠方に出ていた息子が帰って来た。

息子は愚痴も言わず、甲斐甲斐しく実父の介護にあたっていたが、自分も介護の当事者だった父親は、その状況を悲観した。

年老いた自らの介護のために、未来ある息子に夢を断念させたことが、親として痛恨のできごとだったようだ。

結果、息子が帰省してきてから半年も経たないうちに、父親は家の中で首を吊った。

父親としてみれば、親の介護という重い枷《かせ》から息子を解き放つ意味での自殺だったのだろうが、息子としては到底受け入れられるものではなかった。

それまでの努力や培ってきた評価、人間関係を投げ捨ててまで田舎に帰って来たにもかかわらず、挙句が自らの親の自死である。

しかもその間たった半年ともなれば、その心中は察して余りある。

それから間もなく、この息子も自死を選んだ。

着ていた衣服に大量の石を仕込み、家からほど近い漁港から海に身を投げたのだ。

こうして、主を亡くした家は空き家となった。

その後、隣町に住んでいた親戚がその家を管理することとなるも、田舎のことである、立て続けに人死にが出た家の噂は広まっており、借り手も付かないまま、数年が過ぎた。


次の入居者は、若夫婦と子供一人の三人家族だった。

よりにもよってなぜその家を選んだのかと言えば、東日本大震災があったためだ。

震災に伴う津波によって、Q地区は壊滅的な被害に遭った。

殆どの建物や生活インフラは流出してしまい、しばらくは人が住める状況にならないだろうと目された。

しかし、なぜか例の家だけは被害を免れ、震災前と変わらぬ姿で残っていたのだ。

幼い子供を抱えた夫婦は地元の人間で、当然その家の事情を知ってはいたが、背に腹は代えられないとして、被災から数日後（住宅事情が改善するまでの短期間限定で）、賃貸契約を申し出た。

また若夫婦がその家を借りたのには、もう一つ要因があったとみられる。風呂が、薪を焚いて沸かすタイプの五右衛門風呂だったことがそれだ。

震災後、電気もガスも停止していたQ地区において、風呂問題は切実だった。だが薪で湯を沸かすタイプのものなら、水さえ汲んでくれれば風呂に入ることができる。水のあてがあったらしい夫婦にとって、それが決定的な判断材料であったようだ。

しかし同時に、その判断は、その後の不幸に繋がる決定的な楔《くさび》ともなった。


夫婦がその家で暮らし始めて数週間後、事故が起こった。

三歳になる一人息子が、煮えたぎる五右衛門風呂の中に転落したのだ。

（風呂が煮えたぎっているタイミングで、三歳の子供が背の高い造りの風呂釜に足をかけ、転落したというもの。状況的に、通常では考えられない事故だったようだ）

大やけどを負った息子は、ドクターヘリで都市部の大病院へ搬送されたものの、治療の甲斐なく息を引き取ってしまう（『祟リ食イ』内にて、赤子が亡くなっていると書いたが、正確には三歳児である、また死亡原因も、かまどでの焼死ではなく、今回記述した通りだ)。

母親は半狂乱になった。

自分が子供からほんの少し目を離した隙に、そのようなことが起こってしまった。もっと自分がしっかりしていれば、と自らを責め苛んだ結果、自宅で首を吊った。

一人残された父親は、それからすぐに家を引き払い、以後行方不明となっている。

再び空き家となったその家に、次の入居者が来るまでは早かった。

復興工事に関わる土木業者が、作業員の宿舎として借り上げることとなったのだ。その際、家を管理していた人物(最初の一家の親戚)は、これまで何人も自殺者が出ている家であることを事前に説明したという。

しかし、それを聞いた業者は「うちらは関西から来たんだし、地元のことは関係ないから」と言い放った上で、契約を即決したそうだ。

すぐさま引っ越し作業が行われ、七人の従業員が新たな住人となった。

が、それから一か月もしないうちに、その中の六名が職場を放棄して遁走《とんそう》、残った一名は職場放棄こそしなかったものの、その家を出た後、別な宿舎に移ってから間もなく、錯乱状態で首を吊っている。

自死四名、事故死一名。

これが、最初に家主の妻が亡くなって以降、例の家に住んで亡くなった方々だ。（『祟リ食イ』内では自死二名。不審死二名、焼死一名との情報を得て、そう書いている。恐らく、海へ身投げした息子と、例の家を出た後に首を吊った従業員を「不審死」とカウントしたものと思われる。また子供に関しては、既に本稿で書いた通りだ）

この後数年に渡って、家の管理者が方々に声をかけ家屋の取り壊しを依頼して回るが、ことごとく断られたとのこと（『祟リ食イ』のエピソードで話を伺ったY社長は、一昨年、この解体案件に関わったものとみられる）。

しばらくの間、その家は無人のまま放置され続けた。

※

話の腰を折るようだが、ここで、重大な事実誤認について改めて謝罪したい。書いてきた通り、これまで多くの点で事実とは異なる内容があったことに対して。更に、前著『啜リ泣キ』内の「叫び」というエピソードで、私はこの「強烈に祟る家」の場所をほぼ特定したと書いた。しかしこれは完全な間違いで、その時点で私がそうだと目していた家は、まったく無関係の家屋だったことが後に判明した。

「叫び」内では、体験者であるYさんの彼氏宅の近所に「祟る家」があり、あたかもその影響下で怪異が起こったともとれる描写をしているが、それは私の誤解が元で生じたものであり、Yさんの体験と、この「祟る家」にはなんの関係もない（あえて怪異に原因を求めるとすれば、Yさんのケースは、彼氏宅の隣の空き地から出てきたという人骨が、なんらかの鍵になっていると思われる）。

　前著をお読みいただいた読者の皆様と、体験を提供して頂いたYさんへ、本文を通して、謝罪の意を表するとともに、何卒、ご寛恕《かんじょ》頂きたく、お願い申し上げる。

※

さて、その後、Q地区の復興も大分進んできた昨年のこと、某地方の土木業者が、例の家を解体する作業を請け負った。

彼らもまた復興工事に関わる業者で、取り壊した後の土地を、工事のための資材置き場にすることを条件として、他の事業者が軒並み避けてきた案件に手を付けたのだ。

しかしこの業者、取り壊しの下見にやって来た際「これだけ立派な物件なら」と、家の解体を先送りにし、家そのものは従業員の宿舎として利用したいと管理者に申し出た。

資材置き場としては、家を解体せずとも、広い庭部分があれば十分だったようだ。

これまでの経緯を知っている管理者は、この業者に対しても、この家がどれだけ扱いにくい代物であるのかを説明したそうだが、業者はその話を顧みなかった。

ならばせめて、お祓いだけでもさせて欲しいと懇願したのは管理者の方。

自分達で費用を持つからと、近隣のさる有名な祈祷寺の住職を呼び寄せ、魔払いの儀式を執り行う算段をした。

当日、家にやってきた住職は儀式を行いはしたが「この家は手に負えない、十人以上の怨霊が憑《と》りついている」などと捨て台詞《ぜりふ》を残して、そそくさと退散してしまった。

業者の社長はそれを鼻で笑い、不安がる管理者に対し、それならばと、数百万円が相場のところかなりの額を上乗せして、その家ごと土地を買い取ってしまった。

その後、例の家に住むことになった業者の従業員は八名。

早い段階で五人が脱落し、残った三人は今でもその家で暮らしている。


情報を得た後で、私は実際にこの家を訪ねてみた。

すると、三人のうちの一人と思われる人物が家から出てくる場面に出くわしたのだ。

私に不審そうな視線を送る彼に、身元を明かして交渉すると、しぶしぶながらといった調子でインタビューに答えてくれた。

驚いたことに、彼は自分が住んでいる家がどういう物件であるのかを知っていた。

失礼ながらも、何か妙なモノを見たり聞いたりした経験はないかと問うと、深くため息をついてから彼は言った。

「幽霊も見なければ、妙な音がしたりもしない、臭いもしないし、触られたりもない。ただ、ただただただただ、気持ち悪いだけの家だよ」

期間労働者であるという彼は、今の工事現場が終了した時点で解雇される見込みだという。

以上が、長々と引っ張って来た「強烈に祟る家」に関する最終レポートである。
結論は、ただただ人が死ぬ家は、ただただ気持ち悪い家であったということ。
それだけである。
結論は、ただただ人が死ぬ家は、ただただ気持ち悪い家であったということ。
それだけである。

# 割り切れはしない

今年一月末のこと。

「あのさ、今晩ちょっといい？　時間空いてる？」

そう連絡をくれたのは、カーディーラーに営業職として勤めているH君だった。

特に用事もないので構わないと答えたが、何やら様子がおかしい。

「このあいだ紹介したFさん覚えてる？」

昨年の秋頃、H君と酒を飲んでいたところ、偶然居合わせて紹介された女性だった。

私は、その場で意気投合した彼女から怪談を仕入れてもいた。

「ちょっとね、相談に乗ってもらいたいんだ」

その晩、指定された居酒屋の個室で待っていると、H君に伴われてFさんも来た。

「あの、さっそくなんですけど、いいですか？」

飲み物を注文して間もなく、Fさんはそう切り出す。

聞けば今日、妙なできごとがあったらしい。

「カーナビが壊れたんです……」


昼休みのこと、ちょっと離れたコンビニまで自家用車で買い物に出ていた彼女は、職場の駐車場に車を停めた際、カーナビが起動したままであることに気付いた。

「普通は、エンジンを止めるとナビも消えるので、これはおかしいなと思って」

ディーラーの担当であるH君に連絡を入れたのだそうだ。

やって来たH君がナビを確認したところ、その場では対処できないということで、そのまま、提携している自動車修理工場へ車を持って行くという話が出た。

「夕方までにはなんとかなるだろうって言われて、車をお預けしたんですが……」

「俺も初めてのケースでさ、実はさっぱりわからなくて」

Ｆさんの車を確認したＨ君は、そのまま修理工場にそれを納めた。

「そしたら、工場のオッサンも、首捻《ひね》ってね」

それは、ちょっとありえない状態なのだそうだ。

「カーナビってバッテリーからの常時電源とエンジンからのＡＣＣ電源っていう二系統から電力をとっているんだけど、この場合、常時電源っていうのは記録なんかを保つためだけに使われる弱い電力で、ナビの起動には直接関与しないのね。だからそれを起動するためにはＡＣＣ電源からの電力が必要、つまりエンジンがかかっている状態が不可欠なわけ」

エンジンが停止しているにもかかわらず、ナビが起動し続けるということは普通ないのだとＨ君は言う。

「色々調べて貰ったんだけど、結局原因不明でね。ただナビが起動しているってことは、どこからかは電力が供給されているわけだよ。この場合、常時電源によってそれが行われていると判断するしかなくて、だとすればそれを放置するとバッテリーがあがっちゃうから、Ｆさんに連絡した上で、ナビごと外しちゃったんだ。もちろん、改めて予定を立てた上で、詳しい修理には出すんだけれども……」

状況はわかったが、しかし、どうしてそんな話を？

車のトラブルに関して相談されても、門外漢の私に口出しできることはない。

そう告げると、Ｆさんが口を開く。

「これだけじゃないんです、去年の秋頃から、ずっと変なことが続いてて」

どういうことだろう？

「今日は車のナビでしたけど、最近、よく職場が停電になるんです。ブレーカーが落ちているわけでもなく、かといってご近所が同じように停電したわけでもなく、結局原因不明で……他にもパソコンの調子がおかしくなったりだとか、出先で案内された部屋の電気がパカパカ点滅したりだとか……」

つまり、ナビの故障は一例に過ぎず、身の回りで似たような電気系統のトラブルが相次いでいるのだと彼女は言う。他にも——。

「家に帰ると家鳴りが凄くて、家族も驚くくらいピシピシ鳴るんです。あとは夜中になると、毎日のように外から動物が喧嘩しているような音が聞こえてきたりもします」

Ｆさんは、それら一連を、なんらかの怪事であると認識しているらしい。

なるほど、それは確かに、私にとってはありがたい話だ。

「だから私、どうしてこんなことが起こるんだろうと考えたんです。そしたらこれって、時期的に、小田さんに会って話を聞いてもらった後からのできごとだなって」

予想外の展開に言葉を失った私へ、Fさんはなおも続ける。

「私、こんな目に遭うようなことした覚えはないんですよ。初詣にも行ったし、先祖のお墓参りだってちゃんとしてるんです……だとすれば、どう考えても小田さんなんですよ、時期的に考えて」

私が彼女に何をしたと言うのだろう？

たった数時間飲食を共にし、怪談話を伺っただけなのである。

「だから、それが悪かったのかもなって。話した内容が悪かったのか、あるいは小田さんがそもそも縁起でもない人だから……擦り付けられるじゃないですけど……」

面白いが、ずいぶんな話だ。

彼女は私に何を求めているのだろう？　謝罪だろうか？

「いえ、実際に小田さんが原因なんだとしても、それを証明することなんてできませんから、私が単にそう思っているという以上の話ではないんです。でも状況をこのまま放置するのも怖いので、誰か、霊能者とかそういう人を紹介して貰えませんか?」

Fさんは、どうやら「お祓い」をしてもらおうと考えているようだった。

そのため私に、適した人物を紹介してもらいたいのだという。

もちろん、そういう生業の人間を知らないではないが、どうだろう……。

とりあえず、近場の神社などにお願いしてみてはどうかと言うと、彼女は口ごもりながら「いろいろ相談したいこともあるので……」と言う。

相談? 人生相談のようなものだろうか?

それであれば、確かに神社にお願いするのは筋が違う気がする。

「ちょうど小田さんと会った次の週ぐらいに、私、付き合っていた男性と別れたんです。結婚まで考えていた人だったんですが、実は既婚者だということがわかって……まぁ、遊ばれてたんですね……さっきお話ししたようなこともあるし、男には遊ばれるし、それが続いちゃうって、あまりにも酷いじゃないですか？　なので、全部含めて面倒見て貰える人を探しているんです。悪いことが続く原因を断ち切ってもらえるような……」

ああ、なるほど、なるほど。

きっと考え方次第なのだろう。

私と会ってからしばらく、たまたま悪いことが続いてしまったのだ。

彼女はその原因を、怪異に求めようとしている、それだけの話。

カーナビが壊れたことも、職場が停電することも、パソコンの調子が悪いのも、蛍光灯が点滅するのも、単なる電気トラブルであり、きっと具体的な原因はある。

家鳴りがするのも木造家屋では珍しいことではないし、夜になれば盛りのついた猫が騒ぐこともあろう。ただ、今までなら関連付けて考えることなどなかったそれらを、関連あるものとして捉えてしまう程に、Fさんが精神的に参っているのだとしたら？

失恋によって痛手を負った彼女が、心を摩耗させてしまったことは想像に難くない。

それにより神経が過敏になったため、細かいことを気にするようになり、単なる電気トラブルまでを怪異と捉えるようになっていった。

結果、一時飲食を共にしただけの私に、その因果の因を求めた。

すべては、既婚者であるくせに遊びで女に手を出す男が原因なのにもかかわらず。

私は、Fさんに対し、冷静にそのことを説明した。

私と知り合ったタイミングと、彼女が失恋の痛手を被ったタイミングが一週間ほどしか違わないことから、理解はスムーズだったように思う。

彼女は、未だに、その男のことが好きだと言った。

まだなんとかなるかも知れないという、未練を持っていた。

それ故に、あえて失恋の痛手を直視しなかった。そうすることで、自分を深く傷つけた男を、心のどこかで庇っていたのだ。

ようは私は彼女にとって、その男のスケープゴートとして機能していたわけである。

その自覚を促すにしたがって、彼女の混乱は収まったようだった。

最終的に、彼女は私に原因を求めるのは違うということを、理解してくれた。

辛いことではあったろうが、下手な霊能者に頼るよりよっぽど良かったのではないだろうか。

その後、彼女達と別れ、家路へついたのは二十一時過ぎ。

タクシーに乗りながらスマホを眺めていると、身内からメッセージが届いた。

どうやら、今しがた車を運転していたところ、突然カーナビが壊れたらしい。

ついさっき、Ｆさんに対しては、その場しのぎで詭弁《きべん》を弄《ろう》しておきながら、そんな話が飛び込んで来たとたん……私はいささか不安になった。

# あとがき

つい先日、あるパチンコ店に勤める男性へ取材を申し込みました。
彼の勤める店舗のトイレで首つり自殺が多発しているという噂を聞いたのです。
毎月のように首を括る人が出て、首つりの聖地のようになっているとか何とか。
ほんとかよと思いながら、でもホントだったらすげえ話だなと。
まぁ、結論としてはデマでした、そりゃそうですよね。
では、だったらどうしてそんな噂が広がったのか、そっちが気になりました。
その彼が言うには、その店舗、客層が高齢者に偏っているんだそうです。
暇を持て余した老人たちが朝っぱらから、男女問わず訪れているといいます。
「あの人達は、きっとパチンコに人生を見ているんですよ」
彼が突然そんなことを言うので、思わず笑ってしまったんですね、私。

たかだかパチンコ打つのに、そんな高尚な理由があるかよって。
彼は表情も変えずに「パチンコみたいなもんですよ、人生なんて」と呟きました。

今日は当たりが引けるかもしれない、そう思ってパチンコを打つ。
今日はいいことがあるかもしれない、そう思って生きている。

同じことだと、彼は言うんです。
生きているうちに経験する様々なできごとは、パチンコの演出のようなもの。
ただパチンコと違って、人生に明確な当たりなどない。
もっと何かあるはずと期待して、何十年も生き伸びて、結局何も無かった。
そんな自分の人生への失望が、老人達をパチンコ屋に向かわせるのだと。

朝目覚めて、今日もきっと面白くないだろうな、と思いながら仕事に向かう。
朝目覚めて、今日もきっと負けるんだろうな、と思いつつパチンコ屋に行く。

でもパチンコには人生と違い、ちゃんと当たりがある。

負けると思って打っていてさえ、勝てたりもする。

それが、何十年も生きながらえた挙句、人生に失望した人々の慰めになっている。

彼によると高齢の常連さんと話している際は、特にそう感じるらしいのです。

だとすれば、もしそこで「自分の人生はパチンコを打っているようなものだった」と気付いてしまった老人は、その無意味を本当に許容してしまうのかも知れません。

最早やり直せる年齢でもなく、ただただ失望を噛みしめる長い老後に、彼らはパチンコ台に万券を注ぎ込みながら、何を考えるのか。

「多分、自殺したくなるでしょうね」

彼は、そう語ってくれました。

もっともこれは、彼の個人的な考えであって、事実かどうかは危ういところです。

むしろそんなことを考えてしまう彼の方からこそ、強い絶望を感じました。

実際に首を括るのは苦しいことでしょうから、容易に決断はできません。

しかし、それに対する無意識的な欲求だけは、日々湧いてきてしまう。

あふれ出したそれは、誰かの頭の中で絵をむすび、そのうち言葉を伴い、同じような人々の共感を得ることで、情報として広く周知されうるだけの強度を持つに至る。

その結果、誰一人死んでいない清潔なトイレは「首つりの聖地」となった。

彼の論を借りれば、そんなところでしょうか。

少なくとも、そんな噂が湧いてしまう十分な下地があることは間違いなさそうです。

面白いとは思ったものの、不思議でもなければ幽霊も出て来ず、人も死なない話なので、あとがきに書かせて頂きました。


ご購読ありがとうございました。読者の皆様のおかげで私は何とか生きています。

どうか皆様に、良い怪異が訪れますよう。

二〇一九年　四月　小田イ輔

追伸
今回も多大なるご支援を賜りました担当編集のN女史に、深く深く御礼申し上げます。

# 怪談奇聞　立チ腐レ

2019年5月4日　初版第1刷発行



著者　小田イ輔



企画・編集　中西如(Studio DARA)

発行人　後藤明信

発行所　株式会社 竹書房

〒102-0072 東京都千代田区飯田橋2-7-3

電話03(3264)1576(代表)

電話03(3234)6208(編集)

http://www.takeshobo.co.jp

印刷所　中央精版印刷株式会社

定価はカバーに表示しています。

落丁・乱丁本の場合は竹書房までお問い合わせください。





ISBN978-4-8019-1851-1 C0193